東方搜神局
天火傳 II

劉德華 主創
曹志豪 吳家強 張志偉 著

目錄

第一回

靈石

黃昏時份，斜暉散落在九龍城寨。只要順著東頭村道望去，就能看到牙醫診所的招牌爭相競艷，這已然成為當地一道奇特的風景線。

另一道風景線則在高低不平的城寨天台。

大昏黃陽光映照下，晚風微醺，天台上滿佈密麻麻的魚骨天線，就像沙漠乾枯的植物。大人收晾衣物，老人乘涼，孩子在嬉戲玩耍，從他們頭頂飛過的飛機，很快降落在城外不遠的啟德機場。也許這裡的很多人未曾坐過飛機，但轟隆隆的飛機噪音卻是日常的背景音樂。

然而，要數天台上最有趣的風景，這一刻又出現了。

這天是一九八八年四月一日，愚人節，那位穿著皮製涼鞋的便衣警探，又氣喘喘地追著犯人。

十多年來，這位叫「老孫」的男人在天台連天台、大樓與大樓之間的木板駁道飛躍。他曾對新來的警員自豪地說：「你隨便指一個天台，我可以告訴你，如何天台過天台、樓過樓。」駁道雖有高低差，不過他穿著涼鞋如履平地，發出噠噠聲鍥而不捨地追前去。

這時，不同天台上的街坊們都關注著這一次追逐。

看！這次老孫在追哪類犯人？吸毒者？竊匪？統統不是！

跑在老孫十呎前的，可算是他有史以來追捕過最厲害的人物——一個短髮、穿著貼身牛仔外套的年輕人，不慌不忙地向天台上的街坊揮手。

四圍街坊都向他報以歡呼，其中拖著兩行鼻涕的小女孩大叫：「西天王哥哥加油！」

西天王，陽天，就是統治九龍城寨的四大勢力之一。

街坊們既關心西天王到底犯了甚麼事，讓老孫如此拚命追捕，也擔心他能否成功逃脫。

當陽天來到連接萬安樓的一條搖搖欲墜的八呎長駁道前，一時止步猶豫。就趁著這空檔，老孫加快踏步，飛撲向陽天。

二人站在駁道上糾纏幾下，陽天低聲對老孫說：「喂，我約了女友在海運戲院看七點半，動作要快呀。」

老孫也壓低聲音：「既然你要趕時間，好，小心啊。」說後重重蹬駁道一下，二人立即失去平衡，直墜下去。

街坊們見狀皆沒有為二人擔憂，因為城寨大廈外面佈滿了僭建於屋外約兩呎的鐵花籠，所以二人是跌不死的。

老孫雙腳在九樓的鐵花籠篷頂著地，忙以千斤墜穩住馬步，同時伸出右手抓住半空中的陽天。陽天甫握緊老孫的手，就運用鐘擺原理，借力盪向牆邊，一腳踢破鐵花籠，鬆開老孫的手，破窗而入。鏗鏘！砰隆！

老孫也緊隨其後，轉身抓著篷頂，把自己盪進室內，兩人就此消失了影蹤。

街坊們本以為沒戲看了，紛紛回到原來的生活，卻想不到在三分鐘之後，二人從室內帶傷飛出，老孫還在半空連發三鎗。最後，二人重重跌在地面的大型垃圾堆上。

血跡滿身的陽天憤然站起，狠狠向上望。

鐵花籠後的敵人，竟然迫得陽孫二人如此狼狽，到底是何方神聖？

一年前，四大天王統治九龍城寨這罪惡魔都，分別為「東天王」秦豪、「南天王」彭博、「西天王」笑面虎及「北天王」呂烈。

風雲三百六十五天，秦豪退出城寨，「東天王」懸空；「北天王」呂烈與「西天王」笑面虎火拚，忽逢塌樓意外，江湖傳聞說他們皆陣亡於塌方之下。現在，「北天王」由一位神秘的女將暫任，而「西天王」之位，則由這位受到街坊擁戴的陽天取代。

表面上，孫行土與陽天是九龍城警署的反黑組探員和臥底探員，任務是瓦解城內一切罪惡行動；實際上，他們還有一個非常神秘的身份——二人破鐵籠進入屋內，就算面對天崩地裂，仍無懼一切，說出這段開場白：

「我們代表東方搜神局，證明你們有傷害外星異形的罪行！」

東方搜神局，是一個起源於東方，成立了超過二百年的國際秘密特工組織，在世界各地都設有分部，主要任務是處理有關外星異形於地球進行各種活動時所引起的不可預測的危機。

陽天和孫行土，是搜神局香港分部現有的兩位特工。

就這二人，已合力瓦解了城寨內多宗因為從天外飛來的黑隕石而引起的事件。當中最嚴重的一宗發生在去年秋天，是由假裝成地球人「笑面虎」的鑿齒星人引起的，那一役，喚醒了陽天體內遠古神射手「羿」的特質。

在今年三月，城寨內發生了十宗失蹤事件。

社會上，每天都有人消失，本來不足為奇，但在這個外星難民的暫居地連續發生了失蹤事件，而且失蹤者全是來自太陽系外的移居者，事件絕非尋常。

失蹤者的家屬主動向這兩位搜神局特工提供資料及線索，全都顯示一支由美國來的三人攝製隊最為可疑。

這天下午五時，攝製隊三人再次出現於城寨內。

陽孫二人各自從九龍城警署和「笑面虎的城堡」出發，相約在天台上演一場警匪追逐戲，目的是突襲美國攝製隊所在的九樓單位。就連郵差派信也不會走在迷宮般的巷弄，而是選擇天台的駁道，勝在方便快捷。

陽孫二人開場白的對象，正是六呎外的三個外國人，計有負責拍攝的啡髮高個子，拿著筆在記錄的肥矮男人，還有手持咪高峰的金髮青年。

三人身材不一，卻擁有相同的慘白臉孔。

就算他們如何利用身軀遮掩身後的情況，陽天還是看見地上有一灘墨綠色的稀薄液體，以及非人類的斷手和斷頭……明顯，這裡有一個外星異形已被三個人類肢解了。

如此情景，令這百來呎平方的住宅瞬間凝聚著濃烈的殺氣。

面對前方的三個敵人，孫行土挺起了警察用的點三八口徑手鎗，膛內的子彈卻是搜神局特製的，每顆都加強了殺傷力。

陽天沒帶弓箭，只是赤手空拳，但他不打算用警察學校所教的搏擊和壓制術，或是腰間的那柄大馬士革鋼刀，而是雙手划圓，緩緩運起太極拳的起手式。

自因為黑隕石元素覺醒了異能體質之後，他對從小學習的太極，也產生了不一樣的領悟，漸漸鑽研出適合自己風格的攻防打法。

肥矮男人揚手提醒高個子說：「馬利，繼續拍攝，他們來得正好。」

高個子馬利把托在左肩上的攝錄機對準陽天和孫行土，高興地說：「你們很上鏡啊。」

「嗨，放鬆點，搜神局的兩位……」金髮青年拿著咪高峰，說話毫不掩飾：「外星人、黑隕石，並非貴組織的專利，我們也有權調查他們依賴黑隕石元素維生的秘密。」

聽到來人輕描淡寫地說出「搜神局」和「黑隕石」，陽天開始努力分析對方的來歷。

旁邊，孫行土挺鎗的手則更為堅定，冷問：「是美國『51區』的……？」

51區（Area 51），是美國內華達州南部林肯郡的一個區域，表面上，它是空軍基地，但最多人認為是美國用來秘密開發新的軍用飛行器和測試的地方，也有許多人相信它與外星人和眾多不明飛行物的陰謀論有關。

三人只用冷笑來回應。

陽天看到地上那具被肢解的異形仍在掙扎，墨綠色漿汁四濺，暗忖他是來自獅子座棒旋星系的異形。

外星異形也如人類一樣，擁有生存的尊嚴。面對殘忍不仁的慘況，陽天遏阻不住怒火，雙手運圓，聚成一股正反渾然一體的氣勁，直衝三人，叱喝：「放過他！」

金髮青年傲然回答：「放過他？你不人道哩。」說時，三人已包圍著陽天。

陽天見狀收斂心神，兩腳自然地平衡開立，收左手負於背部，右手成掌，剛力一定，守在身前。

肥矮男人大步衝前，擊出左直拳，陽天眼神一亮，撥動右掌迎上，掌背貼在打來的肥大拳頭上，本是剛勁十足，忽然化作輕柔，肥矮男人驟覺自己的拳力如被黑洞吞噬一般，消化無形。

在剛柔交換之間，陽天右掌忽變擒拿，擒住肥矮男人充滿脂肪的手腕，借其拳頭前衝之力，順勢將他整個人拉過來。

肥矮男人本想抽拳後退，無奈被一股黏勁牽引，唯有決定直撞陽天，卻見他上身順勢右轉，左腳稍微踏前，原來負在背部的左手已揮出，在半空划出半圓，飛襲而來。

啪！清脆的巴掌聲，右臉一熱，已被陽天剛勁如鞭的左掌狠狠打中，餘勁不止，整個人如陀螺般旋動，東歪西倒，金髮青年只得從後把他扶穩。可是，肥矮男人有點暈眩，一時錯步，大肥臀便坐向地上棒旋星系異形的頭部，壓榨出滿地綠漿。

高個子馬利側身避開飛濺的異形體液，罵了髒話連串，才說：「保羅，你險些弄污我的鏡頭。」

肥矮保羅鼓腮埋怨：「洗衣費啊，彼得，由你付吧。」

金髮彼得伸出咪高峰訪問陽天：「與其放他苟延殘喘，我們這樣處理算不算人道呢？」

陽天聽彼得視生命如草芥，眉頭一緊，將不滿灌注入左掌，弓步一進，左手「單鞭」以剛勁再出，卻被彼得以猶如「月球漫步」舞蹈般的步法，巧妙避開。「單鞭」剛過，陽天攻勢連綿，右拳急勁突衝而來。

彼得再次避開，一邊說得精準：「陽先生的步速每小時十五哩，拳力三百磅。」

「OK！」保羅的身形秒間暴瘦，全身七成脂肪湧向右拳，化成一個巨大的拳頭，陽天來不及驚訝，整個人就被直打入牆壁內，沙石碎落。

傳聞美國51區擁有一支能控制念力的特殊部隊，擅長催眠、遙視、讀心和製造幻象等各式各樣的戰術。入隊前，各隊員必須透過靜坐、氣功或靈療等訓練，學習以眼神聚焦於目標物上，用念力將之殺死。最低級的測試是一頭聲帶被割掉、四腳被打上石膏固定的山羊。

彼得用右手掩著右眼，說：「嘿，高個子，要拍好我喔。」說時用左眼瞪向孫行土，給他一瞪，孫行土的身體驀地僵直起來，完全不受控制。

一招得手，彼得自豪地說：「你應該聽過，我們要瞪死一隻羊才可以入隊。人呢，卻有另一種玩法。」

話剛說完，孫行土的手鎗霍然指向陽天。

「小…子…我……」孫行土發現自己的身體被騎劫，連說話也不靈光，不禁大驚。

被壓在牆上的陽天只知必須掙扎離開，但來不及反應，砰！砰！砰！孫行土的三顆子彈全數打中陽天身上！

陽天血流滿身，呆看著孫行土，死不瞑目。

孫行土愧疚萬分，曾幾何時的痛失同伴之情再湧心頭。他抵不住這份悲痛，右手竟再次隨心而動，手鎗直指自己的太陽穴，扳機上的手指開始施力……

突然，陽天披血撲向孫行土，二人順勢從鐵花籠的缺口飛出半空。

半空中，孫行土受驚發盡餘下的三顆子彈，鎗響震盪城寨的狹隘空間，陽天還是死命抱緊他不放。

幾秒間，二人重重跌在低層僭建的簷篷上，發出轟然巨響，然後反彈到地上如山般的垃圾堆。

孫行土連忙掙脫陽天的死抱，只見自己的右臂斷筋離骨，鮮血淋漓。

滿身是血的陽天雙手按著孫行土的臉頰，不斷咆哮。孫行土完全聽不到他在叫甚麼，只好慢慢去聽。

老，孫，醒，啊，老，孫，醒，啊，老，孫，醒，啊……

孫行土漸漸清醒過來，才見陽天嘴角流血，外套亦因連串的衝突而破爛，血跡斑斑。

他還見自己右臂仍在，皮層雖然損壞，但露出了金屬材質，是搜神局印度分部的見道後輩所改造的機械肢體「阿修羅之臂」。

孫行土稍定心神，斷定剛才的一切都是金髮彼得製造的幻想。

事實上，陽天被巨拳壓著是真的，孫行土被控制用鎗指太陽穴也是真的。當時，陽天不理這些人何以擁有異能，只知如果離開房間，或可擺脫他們的控制。

陽天拭過嘴邊的血，不服地抬頭望。

除了九樓單位的鐵花籠破口，站有剛才的三人外，四周密集的鐵花籠也站有同是慘白臉孔的外國人，至少有七十個，目光全投向搜神局兩位特工的身上。

彼得朗聲地說：「陽先生，由今天起，我們都是這裡的居民，想學習如何與鄰居相處。如你有任何不滿，歡迎向我們的代理人投訴。」

聽此，陽天不禁咬牙握拳，而孫行士終於說出敵人的身份：「是…Aurora……」

Aurora，古羅馬神話的曙光女神，也是51區的超常人研究計劃的代號，搜神局稱他們為「慘白的奧羅拉」。

三年前，51區公開了「Aurora」是一支奉行人道主義的特別部隊，同時宣佈整個計劃已然中止。

基於美國政府的保密政策，51區無法公開其中止原因。

由於美國是一個充滿陰謀論但沒有神話的國度，亦有傳「Aurora」計劃的最終目標，是讓超常人的成員通過各種科學手段成為人類眼中的神。

待日照隨兩位搜神局特工離開，九龍城寨再度進入黑暗的時刻。

夜空的月亮，害怕了地上這座罪惡魔窟，躲避在厚重的雲層之中。

在這幅六英畝半的土地上有著五百幢非法建築的大廈，住上一萬二千多戶約四萬人。在去年即一九八七年一月十四日，九龍城寨開始進行毀滅的倒數，城內的一切罪惡、利益和鬥爭，都要在城寨崩塌前徹底解決。

一切鬥爭之源，就在這座魔窟的地底下三十五哩的那顆巨型黑隕石。

它釋出的能源長期受到地層的高熱和高壓引致氣化，從地層的裂縫慢慢向地面滲出，儘管抵達地面時已變得稀薄，卻是源源不絕。

經過幾千萬年的今天，這股能源變得稀有，成為地球上的外星族群爭奪的目標。

誰掌握黑隕石能源，誰就可改變這世界。

只是，這場鬥爭早已定下期限，二零二三年。

每隔三百三十年掠過地球的災星「阿雷斯彗星」，因為月球逐漸遠離地球，引致兩者之間的引力改變，二零二三年災星回歸時，將會直撞地球，數以十億計的生命都會瞬間化成星塵。

當日晚上八時多，上環荷李活道一帶的古玩商圈，鮮有遊人。

夾在花店和長生店之間的古玩店「點石齋」，門前掛上了「休息」的告示牌。

門後的近千平方呎店面，有十來幅字畫、廿來個古董花瓶，櫥窗內擺放一個人高的秦代兵馬俑，左邊斜放著一副埃及法老王棺木。

孫行土扶著重傷的陽天進入法老王棺木內，說：「小子，這次輪到你了……好好休息吧。」陽天躺在棺內，環顧先進的醫療設備後，對拍檔比個OK手勢，安心閉目。

啪！棺蓋關上，儀器的錶板顯示三十小時，這表示陽天完全康復所需的時間。

法老王棺木是「昆侖西王母」在百年前搜神局香港分部成立時的賀禮，但當時的骨幹成員嫌它阻礙地方，幾番輾轉下把它送到當時被視為「倉庫」的點石齋。

現在，這「倉庫」卻是搜神局香港分部僅存的基地。

不久，有人大力推門進來。

來人是位與陽天同齡的年輕少女，身穿白色襯衫和藍牛仔褲，臉帶不安。

她本來在尖沙咀的海運戲院等男朋友欣賞七點半場，當她看見尖沙咀鐘樓的時間已是開場前五分鐘，心知不妙，便趕緊坐渡海小輪到對岸中環，然後一口氣跑去位於上環的點石齋。

向明月甫入店，便見坐在酸枝長椅上的孫行土指向法老王棺木，示意她的男朋友就在裡面。

孫行土不想打擾這對近日聚少離多的情侶，識趣地走去店鋪後方的辦公室。

向明月看見法老王棺木的錶板顯示著「29:50:43」，回想孫行土上次被笑面虎重傷並扯斷右臂，需時七十二小時才能復原。雖說陽天只需三十小時，但向明月也難心安。

此刻，向明月與陽天之間只有一板相隔，近在咫尺，也遠如天涯。

自今年初，陽天正式當上坐擁「笑面虎的兄弟」近萬的城寨西天王，便第一時間到青山醫院接阿水回來，即使這位兄弟半癡半呆，陽天還是親自照顧。

阿水的家人都在陽天與笑面虎激鬥而引起的城寨倒塌意外中喪生，前任西天王對兄弟有情有義，現任的也該如此。

只不過，雖然陽天接管了笑面虎的全盤勢力，卻只幹不涉黑的買賣，這一點惹來過半數兄弟不滿，花了三個多月，仍未找出解決方法。

最叫陽天留神的，是笑面虎的留言錄音帶「笑面虎精選第二輯」的內容。

要點有二：現任「南天王」彭博是地球人與外星人雜交的混血後裔；在城寨內潛伏了一位「隱形強敵」，一直覬覦著「笑面虎的寶藏」。

雖說笑面虎與搜神局是對立的，不過沒有笑面虎，便沒有今天的陽天。陽天絕不會有負所託。

一九八七年一月，陽天由一般警員轉職為城寨臥底，並通過考驗成為搜神局特工，及後更因緣際會成為西天王。

現在，陽天身兼三職，樹敵也豈止三倍，向明月極擔心他早晚會死在戰場上。

叩、叩、叩！向明月突然聽到法老王棺木響起了輕聲，那是陽天從內叩了幾下，彷彿在說「阿月，安心吧。」

向明月也輕叩一下回應，力雖輕，卻有說不出的沉重。不論如何，她要學會習慣這種相處之道。

向明月心知，陽天不希望她再牽涉進危險境地之中，她只需要繼續自己的人生就行了。他倆曾誓言「日月並輝」，即使多平凡多簡單，陽天都會陪在她身旁。

孫行土坐在辦公室內，左手拿著小鑽嘰嘰聲修理右肩的「阿修羅之臂」，看著門外陽天和向明月這對情侶難捨難離。

他相信上天要讓二人在十一歲初遇，相隔十年於劫難中重逢，就必定能承受任何命運的考驗。

翌日中午，向明月再次來到九龍城寨。她繼續選擇這個奇妙的地方作為大學研究的主題，讓她可以留在此地。

在去年十月，向明月與馬岡教授和五位大學同學來九龍城寨考察及記錄。

得到馬岡教授悉心指導，向明月撰寫的論文題目是「日軍統治香港時期的九龍城寨」，卻引起了日本天皇幕僚派來的考察隊，亦即神風特工隊的殺機。

幸好得到久別重逢的陽天協助，竟然發現了城寨地底有一個日佔時期建立的實驗室，更發現它與城寨的黑隕石能源生態有關。

最後，這個發現釀成了一場地球人與外星異形的異能大戰，古代「羿與鑿齒」的宿敵傳說由陽天與笑面虎再現於世，向明月也牽涉其中……

半年之後，一切風雨漸歸平靜。

「城寨居民，也是一道美麗的風景線。」這成為了向明月研究的新題目。

香港政府為了將這塊不光采及政治敏感的六英畝半土地，盡快在一九九四年前從地圖上刪除，所以只顧利用賠償來迫走城寨居民，卻沒有為它與他們留下歷史片段。因為向明月的論文填補了這份空白，才得到校方格外開恩的批准。

今天，向明月如常走訪城寨，為居民記錄他們的故事。遊走在城內被鋼筋、管線閉不見天的巷道，若不是有絲毫的陽光在簷前照入，真的難分晝夜。

最初，她時常迷路，後來得陽天指導，要她把地圖印在腦袋裡，到了近日，才終於能像城裡的街坊一樣，自由穿梭小巷窄道。例如有兩支清代大炮被棄在路邊的，就是龍津路，城寨中最古老的街道之一。

她原定的行程是要採訪一位曾經營狗肉食肆的光頭老人，不過老人最終拒絕受訪。

向明月倒是鬆了口氣，因為她家養了一頭哥基犬，所以不願記錄一些慘不忍聽的事情。但既然人已在城寨，她不想浪費一天，始終研究不能無限期，要趕及每天的進度。

向明月想了一想。有，還有她！

她，就是啟發了向明月研究這個新主題的大恩人。打從開始採訪，向明月便將她安排在訪問名單中的壓軸位置。

她與向明月的相識，始於今年一月的一次在城寨擦身而過。

她的艷麗，吸引了向明月忍不住追上去，跟她結成朋友。

之後，二人在城寨附近的老字號冰室，品嚐了馳名的檀島咖啡和出爐蛋撻，閒談了城寨那餘暉下的牙醫招牌、天台上的天線，以及各式各樣的居民。

「說實話，我並不覺得九龍城寨有那麼差，它給沒有希望的人提供了家。有的人沒有身份證，有的人沒有錢，但九龍城寨收留了他們。」「城寨有妓女，有吸毒者？但城外也有啊！還要比城寨多！」「我怕這地方的蟑螂與蜘蛛多於那四天王。」

憑她的幾句話，便啟發了向明月一個新的研究主題。

街坊敬重她為「城寨第五天王」，她每次聽到這稱呼都會一笑置之，反而比較喜歡那個已然過時，但仍為大家津津樂道的綽號——「遊樂場大家姐」。

訪問名單中，有城寨裡專門運水的輝哥、無牌製造魚蛋的阿明、燒臘店工場的阿炳、無牌牙醫陳先生和中醫黃陸等等。

他們曾經是她在城寨內拯救的人，包括癮君子、邊緣青年和釋囚，然後一起到啟德遊樂場當表演藝人，成為「遊樂場大家姐」的手下。

雖然如此，她總是說：「我沒有拯救他們，只是信手拉一把而已。」

啟德遊樂場，本是九龍東部的大型遊樂場，一九六五年一月開幕，在六年前的一九八二年關閉。由開幕起，她就是遊樂場的表演藝人的大家姐，領導很多手下，幾乎包攬場內所有表演節目。就這大家姐一人，便身兼占卜師、舞娘和魔術師助手，唯獨唱歌不行。

直至七十年代中期，她離開了香港，三年前才回來，但啟德遊樂場已關閉了三年多。之後，她孑然一身，居無定所，近日又回到城寨逍遙自在。

重華，這是她的藝名。真正的名字，早就不掛嘴邊了。

向明月揹著斜肩袋，輾轉幾個彎來到城寨內起伏不平的巷子，地面還有一灘從渠口湧出來的積水。由於心裡擔憂著陽天，她的腳步總不及平日般順暢。聽半途遇上的運水工人輝哥說，大家姐剛剛走向這邊。

眼前蒸氣瀰漫，混雜黯淡燈光，突然聽到前方有一陣響亮的雜物倒地聲音，向明月便好奇地趨步向前，驀地看見前方有一道悠然搖動長桿煙斗的女性背影。

「大家姐，等等啊。」向明月邊走邊說。可是，得不到對方回應。

向明月加快腳步跟上去，完全不察覺地上有一支原子筆，以及一堆金屬粒。小路兩旁有各種各樣數不盡的電線和電話線，延伸到道路的盡頭交織在一起。終點處，重華早在等候，手上長桿煙斗散發氣味迷人的輕煙。

「漂亮妹妹，妳今天的心情不好嘛……」

僅有的一線午後陽光，照著重華一襲剪裁貼身的紫色旗袍、金絲花紐、筆直企領、裙衩高開，身材曲線畢露。

濃妝艷抹，唇片桃紅，畫出貌似三十歲的模樣。她從不許別人問她實際年齡。

向明月忍不住舉起相機，從觀景器看著她，心想：「『古老東方的魔女』，我可以這樣寫嗎？」卡嚓，在底片留下了這剎那間的光影。

「不，從上星期已開始這樣了，一天比一天嚴重……」重華輕吸一口煙，淡淡呼出，再說：「記得我曾是占卜師嗎？來吧，告訴妳我萬卜萬靈的秘密……」說時伸出右手拉著向明月的手。

向明月聞言才知她有意領自己來這裡，同時她手心的溫暖讓自己連日來的不安漸漸化開，不禁隨她而行。

重華用左手撥開阻隔在小路盡頭的線堆，出現了一道縫隙，兩女一前一後進來，未幾便來到位於城寨大廈與大廈之間、由萬千電線與電話線交纏而成的密閉空間。由於環境偏暗，向明月隱約覺得這裡就像上次訪問那間中醫診所百來平方呎的舖位，但天頂略呈圓拱形。

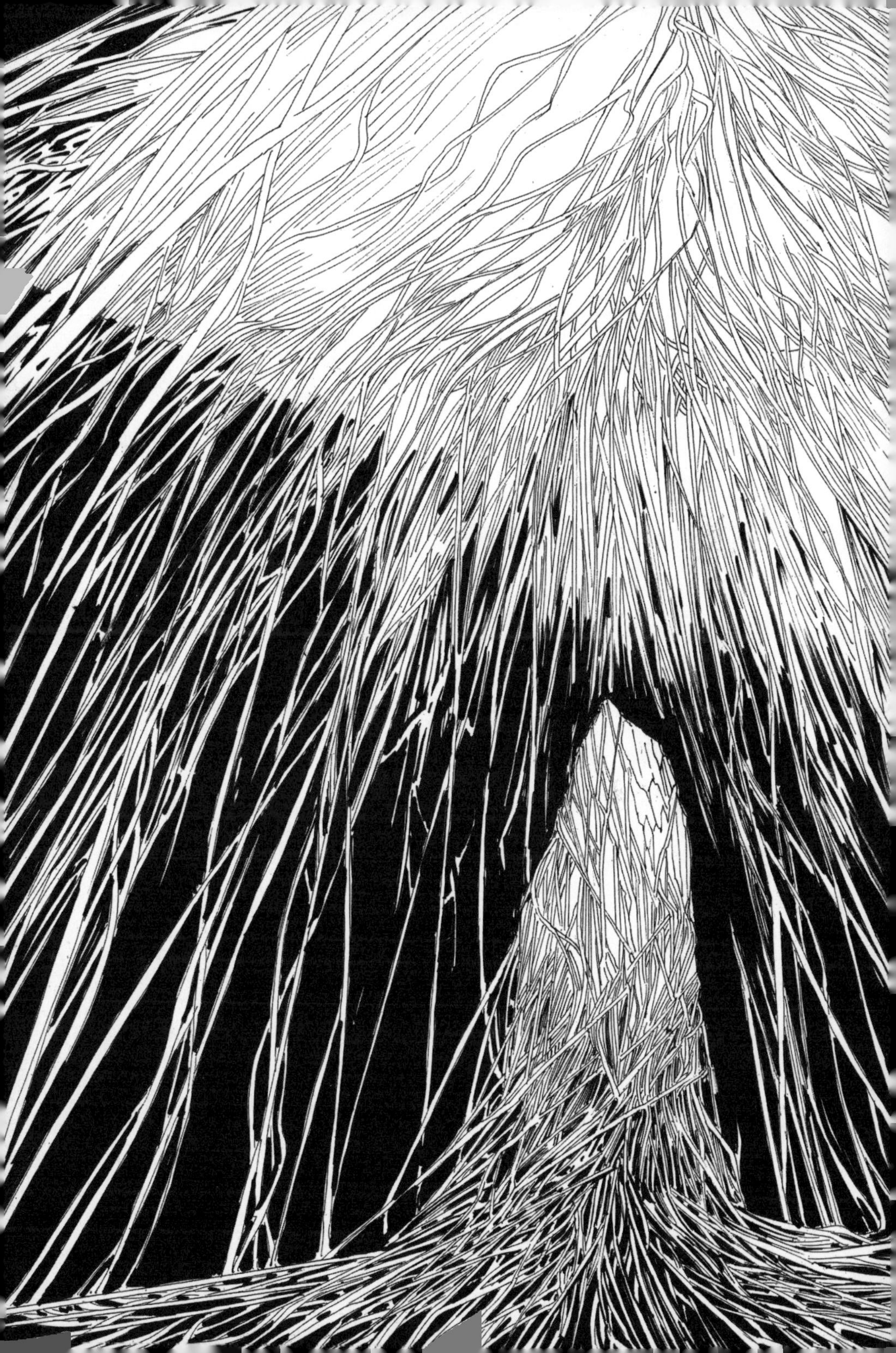

此時，重華用長桿煙斗點亮了地上多處蠟燭。

「占人家容易，萬卜萬靈；占自己前程，就如醫生一樣，能醫不自醫。幸好，給我發現了它。」

燭火漸漸照亮前方，終見電線的網絡如百川匯流，重重糾纏在一塊高三呎，寬呎多，半黑帶血紅的石頭之上。向明月稍稍走近，便看見它略帶透明的奇異石質。

「聽過能保佑城寨上下平安的『靈石』嗎？」重華拿著煙桿，悠然自得：「參拜它，可保佑你的男人在城寨內平安。」

靈石，向明月只聽過一次而已。

大學考察小組的女組員韓蘭，專門研究城寨內的廟宇，包括天后廟、太子廟、伯公廟和大井街的井神，在考察過程中得知清朝末年有人膜拜一塊非常靈驗的靈石，可惜到了近年，已沒有人知道靈石是否仍存在城寨內。

此刻，得重華引領，靈石就在眼前。

一八四七年，清帝國下令建成九龍寨城，設立城牆、村屋和書院。

一九零五年，清室氣衰，寨城內的官兵和居民皆為前景忐忑不安。某天，有農民在田間挖掘出一塊若隱若透的黯石，石尖鋭利，刺破了農民的手指頭。

鮮血滴在石上，農民得到了啟示。

在世界不同文明的原始信仰中，古人深信宇宙萬物均有靈性，或者游離於宇宙，或者依附於人或物體，隨時出沒於世間。放眼可見的山川河流、樹木花草，甚至石頭等都有靈魂與精神，可以為人類造福或致禍，因此人敬之祀之。這種信仰方式，稱為「泛靈論」。

本來目不識丁的他，霎時看懂所有文字，就連書院的讀書人也比不上他。於是，城民立黯石在城內的惜字亭，奉為「靈石」，受大眾滴血供奉，保佑寨城上下平安。

四十年後，日軍佔領城寨，居民偷偷移走靈石，放置城中隱蔽的角落。民心不安，石上的血滴得更多，血乾變黑，黯石變得黑點斑斑。三年零八個月之後，城寨才回復平靜。

到了一九六零年末，大樓如雨後春筍拔地而起，城民忙於求財，逐漸淡忘了這塊守護城寨的靈石。

靈石除了保佑平安，也可以賭誓，當事人們到靈石那裡滴血，跪下立誓，如有違誓，甘願受罰。一九六五年，曾有年輕的城寨男女到靈石前發誓，如果男方辜負女方愛情的話，願受被老鼠咬死之刑。

可是，一年之後，男方負心違誓了。

當年，城寨垃圾堆積成山，小路污穢幽暗，地上總是流淌著污水。

街坊發現男方倒斃在污水窪，身上竟然伏有好幾隻如貓般大的老鼠王。

「善信向明月，向靈石祈求，保佑陽天平安。」

向明月輕咬左手食指頭，滴血在黯然無光的靈石之上，然後跪地合十，誠心禱告。

「看來，妳真心愛死那個姓陽的，」重華在旁微笑：「既然我在這靈物旁，就為他占上一卦吧。妹妹，好好想著那個陽天。」

過往在遊樂場的日子，重華愛用星座來替年輕男女占卜愛情；若遇上擔心未來、求自身這類認真的問題，她就會用更深奧的《周易》。

由陰和陽組合的三爻，排列成乾、兌、離、震、巽、坎、艮和坤八卦，代表了天、澤、火、雷、風、水、山和地等自然現象。上下兩卦結合，衍生六十四卦，包羅了天地萬物，每個人的命運都會對應一個卦象。

向明月知道占卦不是迷信，那是古人從自然的生態作出預測。

重華收起了長桿煙斗，以雙手的食指、中指和無名指起卦。

平日，重華會用蓍草揲卦，按照一定的要求和規定得出特定的數字組合，從而化成《周易》陰陽卦爻。但今天，重華用指代草，直指為陽、屈指為陰，右手為上卦、左手為下卦，以向明月內心的渴求，特地為她的男人算出卦象。

重華雙手揮動，未幾得出結果——六指皆直，即六條橫劃，正是六十四卦的乾卦。

向明月不會忘記「陽天」這名字，是因六個銅錢皆正面，求出純陽的乾卦。上卦乾屬陽為姓，下卦乾屬天為名。

重華細道：「乾卦，全卦六爻，以古代神話中的『龍』為意象，擅於變化。由下而上的六爻中，龍因為不同的時機而各有不同的形態，有如君子能因時而變，在不同的時機有不同的作為。」

初爻，潛龍勿用。

二爻，見龍在田，利見大人。

三爻，君子終日乾乾，夕惕若厲，无咎。

四爻，或躍在淵，无咎。

五爻，飛龍在天，利見大人。

上爻，亢龍有悔。

向明月聽到重華的解說，心想初任警察的陽天一直被投閒置散，但意志堅定不移，正是

《周易》每卦都由卦爻和爻辭組成。卦爻是從陰爻和陽爻疊成基本的八卦，這八卦再交互疊成六十四卦，象徵了天地各種事物形態、屬性。而每條卦爻辭皆蘊含相關的自然、社會、人生的道理。故東漢鄭玄《易論》云：「《周易》者，言易道周普，無所不備。」

第一爻「潛龍勿用」。直至陽天得孫行土招為搜神局特工，令他進入一個神秘領域之後，便展開了他的潛能，則是第二爻「見龍在田」。

重華繼續解釋：「如果妳的男人現正努力工作而忽略了妳，可能他已進入第三爻『君子終日乾乾』。」

向明月對此非常認同，近來的陽天時刻保持最高的狀態去追求心中的正義，男女愛情難免被擺在一旁。但難道卦象與命運對照，她就要欣然接受嗎？

向明月無奈一笑，問：「大家姐，妳也有喜歡的人嗎？」

重華「哈哈」兩聲，欲言又止，向明月再問：「妳怎麼了？」

重華提煙斗指著向明月：「情，有如千古罪人，自古以來害了不少男女。哈哈哈……」

向明月沒半分猶豫地說：「我和他，但求日月並輝，永不分離。」

重華聽後有點楞住，忙問：「妳確定沒有別的男人在等待妳嗎？還是，妳出生第一眼便看見了他？」

向明月本想堅持下去，卻不願與重華在這話題上爭拗，便回答：「……我們會做得到的。」

突然，重華靠近向明月，幾乎面貼面地說：「『曾經相濡以沫，不如相忘於江湖。』我也做到了。」

重華的話出於《莊子・內篇・大宗師》，「泉涸，魚相與處於陸，相呴以濕，相濡以沫，不如相忘於江湖。」

這是關於兩條小魚的寓言。有一天，泉水乾涸了，兩條魚被困在了一個小水窪，為了生存下去，它們彼此從嘴中吐出一點水泡來相互濕潤，延續生命。但這種互相依賴卻不如讓它們在大江大湖之中，彼此相忘，生命自由自在。

向明月約略猜到重華的感情觀。雖然觀念不盡相同，但她對重華始終帶著敬重。

沒有重華今天的引路，她也不知道陽天與乾卦六爻的命運歷程。真不愧為眾人口中的大家姐，實至名歸。

最後，重華問：「妹妹，聽過拜月這古老的祭祀方法嗎？」

向明月點頭說：「誠心拜月，以求愛情圓滿，還有沐月祈子。」

「人有命運起伏，其實是『星體同步能量』所使然。古代，拜日月、拜星辰皆是重要的儀式。」重華輕笑：「月亮，對我倒沒甚麼效用，不知對妳這位叫月的女生受不受用呢？」

向明月也微笑作回應。當自己的男朋友是神話英雄的後裔，其他事就算多奇異也不算甚麼。自古以來的崇拜儀式，便姑且一學吧。

談話似是輕鬆，但向明月也感受到重華的關心。日與月，或許會遇上重重的難關。

星體同步能量，古代巫師認為星體之間在不同的運行位置和相對角度，其引力會對地球上的人類造成個別運勢上的影響。所以，有說天象其實是反映地上人類活動的鏡子。

乾卦

第2回

MMXXI

距離二零二三年災星回歸，只餘下不足一千個日夜……

時為二零二一年四月一日，晚上八時正。

九龍半島最熱鬧的地方，必定是連貫尖沙咀、佐敦、油麻地和旺角的彌敦道，這條筆直的幹道兩旁，全是市民和遊客吃喝玩樂的熱點。

晚上八時，在跨越彌敦道的油麻地加士居道天橋上，異變突如其來地發生。先是汽車響號的大合奏，夾雜著轟隆砰隆的撞擊聲，繼而是司機紛紛驚慌推門離開車子，爭先恐後逃跑，立時令橋面人車混亂一片。

恐懼的來源，是他們從擋風玻璃或倒後鏡看到那不可名狀的「東西」。

一團高若雙層巴士、橫寬兩公尺的大型黑影，不知從何而來，挾著黑色閃電滾動，呼嘯從天橋飛躍而下，落到彌敦道上，把柏油路砸出一個深坑，直往尖沙咀方向衝去。

在霓虹招牌和街燈的映照中，只見一頭車輪狀的怪物，兩側長著無數張臉孔，有人臉也有獸臉，各自擠眉弄眼，惡心無比。車輪上則滿佈凸出的巨型尖釘，滾過之處，在馬路上留下了一個個孔洞。

一輛半滿的雙層巴士內，乘客隔著車窗與巨輪的怪臉四目相覷，登時引起尖叫，陷入恐慌的乘客們在狹窄的車廂中互相碰撞，司機一驚，正猶豫要踩油門還是煞車，冷不防巨輪從旁一撞，巴士失控直衝行人路，不但撞倒途人，更連續撞破了三間商舖才停住。

怪物繼續滾動，輾過阻在前面的私家車，尖釘插破了車頂，車窗的玻璃隨即濺滿鮮血。血腥味叫每張怪臉興奮不已，巨輪時而瘋狂蜿蜒，時而急遽直行，行徑難測。

倏地，尖銳的警報聲從後接近，響遍四方，提醒四周人車盡快迴避這場災難。

一輛黑色電單車猛然出現在隔鄰行車線，猶如風馳電掣的「夜貓」，亮起一雙閃耀的貓眼，急遽拖著由紅色尾燈拉出的尾巴，追趕加快至時速七十公里的巨輪怪物。

車上的女騎士一襲黑色行動服，晚風吹起一頭長髮。她一手控制電單車，一手以儀器分析前方異變生物的黑隕石能源反應，發現牠是由十隻異變生物合成起來，由於沒有掌握領導權的主體，引致行為難以推測。

巨輪快要到達彌敦道與佐敦道交界的十字路口時，女騎士透過繫在右耳的通訊器，說：「這傢伙像你一樣胡來啊，烈陽箭。」

通話的另一方，最愛她以這個外號稱呼自己，便回禮答道：「美麗的春風，憑妳女性的直覺，認為牠將會怎麼做？」

「嗯……很可能會衝到尖沙咀海旁，借海遁走，事態嚴重啊，你還不趕來——」

此時，一支泛起白色光芒，如陽光般燦爛的氣箭從天射中了巨輪，發出極大的震波，響起啪啪啪的爆裂音，馬路旁八支智能燈柱相繼塌下，碰砰聲壓在馬路上，交織出一個包圍網，阻著怪物前進。

春風抬頭，只見兩旁大廈的霓虹招牌五彩繽紛，在當中最適合狙擊的高位置上，有一青年傲然佇立，左手挺起紅色烈火弓，右手拉著金火合一的白色氣箭，赫然是搜神局特工「烈陽箭」陽昭。陽昭雖承襲了父親陽天所創的絕技「五行氣箭」，但他不像父親當年愛騎電單車，而是愛用極限運動式飛躍，前往執行任務的地點。

近日，搜神局多次在彌敦道偵測出一瞬即逝的黑隕石能量反應，兩位年輕特工連續三天加緊巡邏，本想在災難發生前解決，但巨輪怪物的出現，遠超二人預想。

陽昭再發一箭，巨輪怪異地跳過了智能燈柱的包圍網避開，繼續衝往尖沙咀方向。陽昭飛身離開霓虹招牌，落在電單車後方，春風加快油門：「站穩了！」

追逐戰一前一後，不久已越過柯士甸道，來到彌敦道的尖沙咀段。

晚上八時，這是最熱鬧的一公里路段，車水馬龍，人聲鼎沸。有人喜歡到兩旁的商場購物，亦有人喜歡沿路走到半公里外的海旁，欣賞世界知名的夜景。

夜貓緊追巨輪其後，幸好刺耳的警報聲及早提醒前方迴避，多少減輕了路上的死傷，但所過之處仍然被恐懼和混亂支配，春風光是想起災後處理和新聞管制，就不禁頭痛。

陽昭也心急如焚，但投鼠忌器，怕攻擊會令怪物進一步發狂甚至爆炸，隨時對街道造成更大的損害，只得握緊拳頭，等待時機。

春風不滿地抱怨：「這條彌敦道未免對牠太有利了，一直到達海邊，便可以說拜拜。要想辦法啊，分部部長！」

陽昭聽到「分部部長」這四個字，頓感壓力。

嚴格來說，他只是暫代父親，擔任搜神局香港分部的部長位置而已，最高負責人依然是前輩孫行土。

陽昭咬牙，事已至此，只能當機立斷。

「幫我開路！在終點送牠一程！」

說罷，陽昭一個縱身飛躍，離開夜貓，落在清真寺對外的十字路口，扶起混亂中跌倒的老人。

春風亦心領神會，加速至一百二十公里，越過巨輪，排氣管發出巨大的噪音，與刺耳的警報聲一起，驅趕前方的行人和車輛，務求清出一條通道，領著巨輪前往目的地。

途人聞到噪音和警報，再看見電單車和巨輪怪物一個勁衝來，立時慌不擇路，如波浪般退到建築物內，車輛也急急往兩旁讓開，發生不少輕微相撞。

一位司機正要打開車門逃走，突然被駛過旁邊的女騎士推回車內，接著就是一大團黑影從車外轟隆經過！

遠處，陽昭把老人扶到行人路後，一個側翻身，跳上停於馬路一輛房車的車頂，遙見巨輪怪物繼續奔向尖沙咀海旁。

「拍檔，要你出場了。」

他從腰間取出一支長約手掌、寬約指頭的青銅棒，隨手一拋，青銅棒左右分成兩半，各自一化二，二化四，四化八，八化十六，十六化三十二，三十二化六十四……轉瞬間，過億青銅碎片組成一組青銅弓箭。

弓長四呎，弓身刻上古蜀國崇拜的太陽神鳥「三足烏」；箭長兩呎，箭鏃呈鳥嘴形，箭羽則是火紅色神鳥羽毛。

陽昭架箭拉弦，低聲向弓箭傾訴：「嗨，拍檔，這次有點不一樣啊。」邊說邊灌注五行箭氣。要發動這支古蜀國的變形兵器，陽昭必須付出代價，耗用體內超過一半力量。

陽昭嘴裡輕數一二三，鬆開右手指頭，箭化成一隻虹光神鳥飛出！

五百公尺外的海旁「維港文化滙」，過百位遊客正憑欄欣賞對岸香港島夜景，忽然聽到砰隆巨響，紛紛下意識回頭望去，只見一輛黑色電單車閃著車前燈直衝過來，揚聲器發出嗚嗚的警報聲，緊隨其後的是一個詭異的大巨輪。

眾人登時四散逃命，驚叫聲此起彼落。

巨輪撞開了一架美食車，車內的女工被拋到半空，幸而春風及時射出飛鏈拉住。

巨輪去勢不停，輕易撞破海旁的金屬欄杆，躍上半空，沾到維多利亞港濺出的浪花，猝然重新組合變形，前後突出變長，兩旁還伸出了宛如飛魚般的翅膀，頓時變成一尾超過三十公尺的魚形怪物，遨遊於天空和大海之間。

春風放下女工，衝前舉起短刀和飛鏈戒備，行動服上的儀器分析出，是海水的鹽份和污染物加劇了黑隕石元素的異變。

正當一眾旅客驚訝眼前這變異的奇景之時，一隻汽車般大小的虹光神鳥疾飛而至。

這一箭，陽昭利用了彌敦道至海旁一直線的特點，因為兩旁佈滿了五行元素，大廈外牆的金屬、綠化用的樹木、太空館的池水、商店燈牌的光和熱、地面的各類土質，只要吸收這些元素轉化成能量，便可一擊必殺。

射程越遠，收集到的五行元素越多。雖然這是第一次運用，但理論上是可行的。

神鳥穿過巨魚的身軀，淨化了所有異變基因。巨魚如煙似霧，瞬間消失於映照對岸燈火的海面上，耗盡力量的神鳥亦消失於夜空中。

所有途人抬頭看著這幅夢幻景色，張口結舌，呆在當場。

不久，陽昭亦急步趕來尖沙咀海旁，與春風會合。

觀察眾人反應，只見有人餘悸猶存，探頭探腦的警戒四周，也有人好奇心勝過一切，對著一片狼藉的現場和被怪物撞壞的欄杆拍照，發到社交網絡去。

陽昭想起去年那場翻天覆地的戰鬥，剛巧也在附近的香港歷史博物館，不禁苦笑，尖沙咀真是個多事之地。

去年秋天，外星異形「鑿齒」利用青銅神樹，接通了傳說中神明居住的高維度空間，召來一隻足以毀天滅地的機械巨掌，差點就把香港百年繁榮毀在一旦。幸好有古蜀國的終極武器之助，陽昭才成功擊退巨掌。可是，自那一役，黑隕石異化怪物出現的頻率開始增加，終於到了今天，連秘密行動也做不到了。

穿著行動服的陽昭和春風，與四周普通人的休閒打扮相比，明顯格格不入，幸而行動服搭載了干擾功能，能把裝備者的存在感從觀察者的意識中偏離，方便他們融入人群，不會受到注目。

春風伸手撫摸被破壞的欄杆，從探測數據中，確認方圓五百公尺內已完全沒有黑隕石元素反應，便對陽昭點點頭：「可以了。」

兩人信步離開群眾，來到不遠處一個燈光黯淡的角落，陽昭才終於鬆了一口氣，倚欄休息。雖然力量虛耗了一半，但消除巨輪的威脅，還是有點成功感，不由得露出微笑。

由今年一月起，陽昭當上了「搜神局香港分部部長」，如何做好這個職位，他曾向前輩和母親詢問意見。

前輩孫行土拿著罐裝啤酒回答：「我也不知道哩。只求那隻機械怪手不要再從天伸下來就行了。」

母親向明月的建議是，陽昭在找到自己的路向之前，大可依循父親陽天留下的筆記，完成他未完的事。

自得到了古蜀國的變形青銅棒後，陽昭就渴望闖出自己的人生。他遠在韓國首爾、日本東京和馬來西亞吉隆坡三地的朋友，都建立起自己專屬的名號。因此，他也希望自己能成為拯救世界的「烈陽箭」。

在亞洲地區最受歡迎的相片分享網站，陽昭發現了日本的朋友開設了一個名為「驅魔事務所」的專頁，男大學生和秋葉原女僕一起在東京進行晚間靈探，追隨者每天都增加，人氣大盛。

同時，看到首爾的那位嬌小的女消防員，經常貼上她抱著小狗的照片來騙讚。

那麼，何時可以開設「烈陽箭」專頁給市民們來報料呢？陽昭心想，看來還需要好一段日子。

「待其他人善後吧，我們離開。」稍事休息後，春風走向停在遠處的夜貓電單車。

「慢著，還有一件事。」陽昭說時，拿出了一支手機，是市面從未見過的設計：「笑一個，要甜一點啊！」

那不是一般的智能手機，而是搜神局特工專用型號，陽昭稱它為「搜神機」，其作業系統是由印度的亞洲總部自行研發的，而且是「父親的好兄弟」利用一種超複雜的秘密語言來構成，由於能夠接通總部的電腦系統，對調查行動特別有用。而陽昭覺得它最方便之處，就是日常上社交網絡，發電郵，瀏覽網站時，和市面型號沒有兩樣。

以維港夜色為背景，陽昭提起手機，喚春風再靠近一點，讓鏡頭拍得二人更親密。這個距離，是八個月的相處換來的。

春風自去年十月來香港後，便愛上了這地方。

陽昭問過她愛這裡的甚麼。「嗯，讓我體會到四季的變化。」她微笑回答。

她在沒有季節變化的吉隆坡生活，卻與三位沒有血緣的義妹，以春夏秋冬為名字。雖然香港冬天沒有雪，但春天的風、夏天的雨和秋天的霧，倒是切實地感受了。

可是，她也切實地感受到這城市本來就不屬於她，終有離開的一天。

所以，春風珍惜此時此刻，笑得特別甜蜜。

正準備留住這難忘一刻，手機畫面突然切換成黑色背景的危險警示，並發出咇咇的警告聲。本來已完全消失的黑隕石能量反應死灰復燃，雖然只是微量，但猝然逼近，竟已來到接戰的距離！

二人抬頭警戒，八道黑色人影已疾奔而來，為首者以高速前衝，破風擊出一拳，陽昭猝不及防，正中左臉，令他一時昏眩。

春風拔出短刀和鐵鏈，揮刀飛鏈迫退八人到一公尺外，目光掃過，只見來者全身黑色衣服、面罩、手套和長靴，沒有攜帶武器，隨即以拳腳功夫再攻上來。交手幾招，春風就發覺，短刀割不開他們的衣服，飛鏈也打不破他們的裝備。

陽昭雙手扣起腰間的合金箭，嗖聲發出一人一箭，務求解圍。可是，八人卻看穿了飛箭的軌跡，輕易避開，更轉而集中攻擊陽昭一人。

拳能多重，腳能多快，每個動作都沒有破綻，攻守進退配合得天衣無縫，他們真的是人類嗎？

隆隆！電單車的引擎聲先至，緊接一頭夜貓飛撲過來，衝開了那糾纏陽昭的八個黑衣人。原來是春風趁著敵人攻勢集中於陽昭的空檔，遙控了電單車前來，決定戰略性撤退。

陽昭和春風幾乎同時騎上電單車，不理一切在海旁散步道上飛馳，超過時速一百五十公里，可是八個黑衣人竟然能緊追其後，亦步亦趨，完全超出了人類的極限。

其中一個黑衣人加速與電單車並排，提起右拳，拳套上亮起了一個紅色六條橫畫的標記，逆風向陽昭重重擊出。

可是，陽昭目泛銳光，右手握著一支合金箭，出盡全力迎擊，插中敵人拳頭。箭刺破了拳套上的六條橫劃標記，鮮血直噴，敵人劇痛抽手。

機不可失，春風急扭油門，陽昭則乘勢扯開了敵人的面罩。在電光火石間，陽昭看見了一張驚慌至極的男人臉孔，赫然是那個時常在電視上宣揚愛與和平的人……

此時，春風的夜貓切換至另一個發動機，突破了原本的車速限制，立時提升至二百五十公里，遠遠拋離了八位黑衣人。陽昭最後看到的，是那被扯走面罩的人正掩著面，在其他黑衣人的掩護中撤退，無聲無息地消失在夜幕之中。

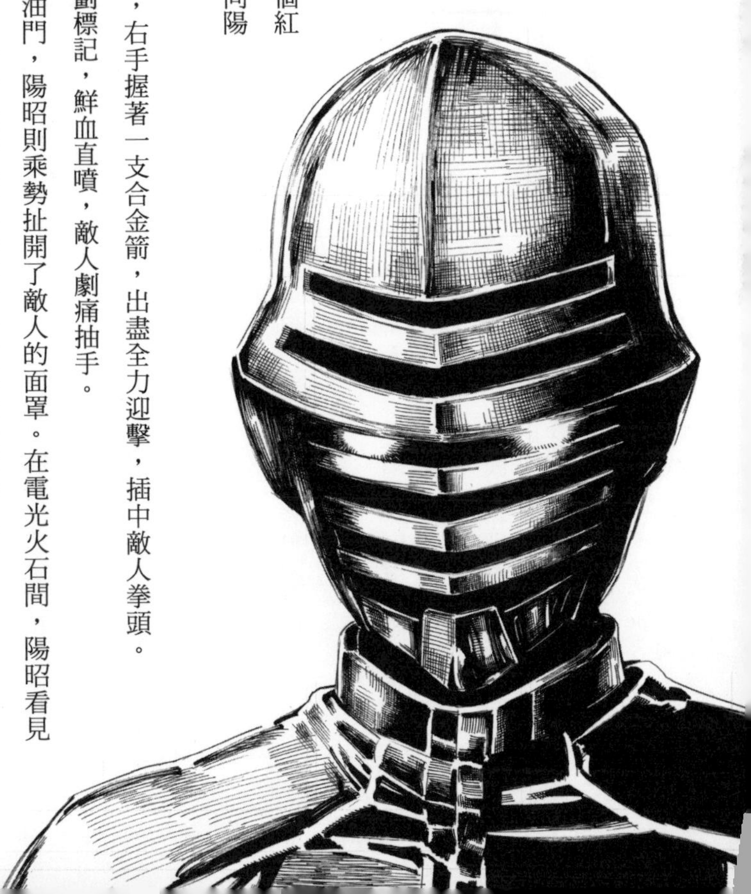

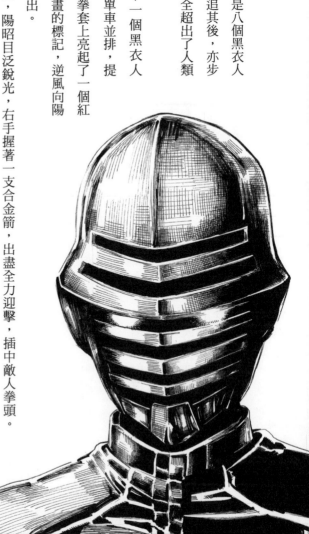

回到上環的點石齋，春風立即拿著那個黑色面罩進入店舖後方的辦公室，研究黑衣人的來歷，而陽昭則由母親向明月照顧傷勢。

電腦上，網站播放著剛才巨輪怪物的報導，從市民提供的手機短片綜合得知，這場發生在彌敦道的怪異災難，最初在油麻地加士居道天橋上出現，最後在尖沙咀海旁對出的維港海面，與一隻鳥形的發光體相撞後消失。初步統計死者三十人，受傷過百人，數字仍在陸續更新。

孫行土只是「唉」了一聲，搖一搖頭。

記者在現場訪問了一位德國遊客，他雖沒受傷，但驚魂未定，對著鏡頭說個不停。由於沒有翻譯字幕，孫行土埋怨：「嘰哩咕嚕在說甚麼？」

「他說，末日近了，所以異象頻生。」向明月說時，拿著一支鎗型的醫療工具，替兒子左臉的拳傷吸走瘀血，像回到她年輕時與陽天相處的日子，不禁打量四周，輕輕對兒子說：「昭，以前這裡的佈置與現在有點不一樣。」說時指向左方，「那時候，在那邊有一個法老王棺木。你父親受了傷，只需要躺進裡面，就像微波爐一樣，時間到了，便會回復過來。」

放下為丈夫復仇的枷鎖，經過了半年休養生息，她漸漸回到一位母親的正常狀態。

「喔，現在，它在哪？」向明月便問孫行土：「我回來至今，都不見它呢？」

孫行土疑問：「妳真的記不起嗎？」

向明月覺得有點混亂，說：「……記不清楚哩，不止法老王棺木，就是陽昭出世前後的事，我還是迷迷糊糊似的…也許是我服下了不死藥的後遺症。」

陽昭在新世紀二零零零年一月一日出生，即是在此之前的「九龍城寨遺蹟大戰」以及一九八七至九四年發生在九龍城寨的事，向明月只有模糊的記憶。

「阿月，妳記不起的，由我來補充。」孫行土輕拍胸口，說：「那副棺木和兵馬俑，我十年前已送它們到其他分部去了，我天天看著它們就覺得膩。」

陽昭沒有留意二人的對話，而是盯著畫面上一則突發消息。十五分鐘前，青朗公路發生致命交通意外，城中有名的慈善才俊梁榮生駕車失事撞向工程車，即時身亡。

陽昭不憤握拳，心想「意外身亡」和「殺人滅口」，原來兩者沒有分別，正要叫出心底的不滿之際，在店舖後方傳出了春風的叫喊。

「呀！」若她遇上飛蟑螂的呼叫是第九級，這應該是第十級。

春風拿著那個從黑衣人扯下的面罩衝到大廳，難掩興奮地說：「這東西，它竟然有輕微的黑隕石元素反應！而且……」說時指著面罩旁邊一個半亮的標記，整整齊齊排了六條橫劃：「這會不會是《周易》的乾卦？我聽陽昭說，伯父的名字是來自這個卦象。」

陽天，自一九九九年九月九日九時九分九秒的「九龍城寨遺蹟大戰」後便失蹤了，生死未卜。即使家人、朋友和敵人都希望他仍然在世，即使東方搜神局用盡方法，也無法找到他的下落。

此刻，與乾卦相同的標記出現於面前，那麼神秘黑衣人一黨，與陽天有關係嗎？在場的每個人不約而同浮現這個想法。

第三回

笑面虎的寶藏

午夜二時多，法老王棺木的錶板倒數至「00:00:00」。

啪嚓！陽天自行推開了棺蓋。他身體已經回復了，只是肚有點餓而已。環顧店面，看不見孫行土睡在那張酸枝長椅上，應該是回警署當夜更了，但旁邊的小茶几上留著早已放涼的叉燒油雞飯和凍檸檬茶。

陽天腦袋有點浮，實在吃不下東西，於是來到店舖的後方，本想走上小閣樓，躺在窗邊的小床一覺睡到明天。可是，當他踏上第一級階梯，滿腦浮現的謎團促使他走回旁邊的控制台，拿起通訊器呼喚一個遠在印度分部的「前輩」，小他三歲的特工見道。

由於時差的關係，見道應該未睡。果然，通訊器接通不夠一秒，見道已回應了。

「陽天後輩，太好了！孫前輩這次輸給我了！YEAH！」又是那種字正腔圓的英語。

原來孫行土在陽天療傷期間，已經聯絡見道，通知關於美國51區「慘白的奧羅拉」在九龍城寨肆虐的經過。肢解外星異形，或許只是其中一件惡行。在結束對話之前，二人打賭陽天在走出法老王棺木之後多久才會找見道。孫行土根據自己的經驗，傷勢初癒，約有一小時思考力不會完全恢復，但見道卻賭五分鐘之內，超出這時間，當孫前輩贏。

陽天心想，見道真有如自己的第二個大腦，有任何難題，找他就好了。

的確，陽天的思考力此刻仍未完全回復，就任由見道解釋51區和奧羅拉部隊的關係。在見道的開場白「美國政府的51區跟邪惡組織沒甚麼分別嘛……」之後，就是一輪陽天從未聽過的資料。

追溯第一次世界大戰結束之後，納粹德國快速崛起，軍事技術忽然領先歐洲諸國，搜神局的歐洲特工發現，原來德國軍部秘密得到了「天龍星」異形的一系列科技，旗下的科學家首先把成果呈現在坦克和潛艇之上。故此，在第二次世界大戰爆發初期，德軍能在歐洲大陸長驅直進。德國本來勝券在握，最終會戰敗，主要原因是軍部即使花盡國家資源，依然無法完全掌握反重力飛行技術。

陽天聽到「反重力飛行技術」這名詞，立時想起外星異形所用的仙槎、飛碟等飛行載具。二戰後期，納粹德國研發大型飛行堡壘的傳聞，原來並非空穴來風。

同時，美國政府由一九四零年代初，得知納粹德國掌握了外星科技，於是不甘後人，開始研究外星人的生物特質和科技，如一九四七年在美國新墨西哥州羅茲威爾市發生的宇宙航行載具墜毀事件。在二戰之後，美國收攬了德國軍部的那些科學家，繼續發展下去，主力研究反重力技術。而進行研究的地方，正是神秘莫測的51區。

陽天豁然貫通：「難怪那區域所在的沙漠地帶會有一條世界最長的跑道。」

天龍星人，外形屬爬蟲人類別，在一九三零年代曾扶植希特拉上台，並指導納粹德國如何使用遺傳工程，開發複製士兵技術，成為戰場的主力。之後，德國軍部開始學習修建大規模的宇宙飛船和飛行巡航艦。直至納粹德國在二戰戰敗之後，天龍星人才轉換了目標，開始掌控其他國家。

至於美國政府的野心，不是成為世界霸主，而是要成為宇宙的持份者。浩瀚的宇宙存在著未知數量的外星異形，各自抱持不同目的，如有一天，某外星族群兵臨地球，掌握了外星文化的美國便會以「地球國」領袖的身份與外星異形交涉。

見道認為：「『地球國』這個名詞太老套，不如改用『地球聯邦』比較時尚。」

搜神局自二百多年前成立以來，一直處理外星異形在地球的各種活動，為的就是防範未然，免卻野心國家藉此坐大，納粹德國就是最佳的例子。因此，搜神局素來特立獨行，絕不會與51區合作或妥協。

至於「奧羅拉」計劃由一九七零年代開始，直至三年前中止，所有資料已經銷毀，搜神局無法掌握陽天和孫行土二人所見的奧羅拉部隊是否原來的編組。只不過，大可猜測到他們來九龍城寨的目的，必定離不開外星異形和黑隕石。

陽天疑問：「奧羅拉部隊是敵人？51區也是敵人？」

見道以前輩指導後輩的口吻，說：「誰是敵人，要由你自己判斷。當你能判斷誰是友誰是敵，就有權限知道搜神局的『真正敵人』是誰。」

陽天鮮有聽到見道說得這麼婉轉。搜神局的「真正敵人」是甚麼，只因為他仍是特工等級，沒有權限知道組織內的機密。

在掛線前的一刻，見道忽然叫住陽天，詢問一個難題。一個見道也解決不到的難題。

「半個月前，有一位從馬來西亞來的華裔少女姓林，十六歲，來印度學習一些秘傳醫術，我奉印度分部的命令作她的導遊。最初見她外表斯文，誰知說話非常不留情，看我用右手用餐，便笑我用左手擦屁股。在那短短七天，我們吵架超過三十次，But……」

陽天思考力回復了一點，便猜中他將要說的話：「當她離開之後，你才發現自己喜歡了她。是吧？」見道以尷尬又帶點高興的笑聲代替回答。

「去找她！」陽天直截了當地回答，見道滿意地掛線。

美國、51區、外星異形、人類……陽天大概掌握得到奧羅拉部隊的代理人的身份。

翌日中午，陽天穿上貼身的西服外套，戴上頭盔，騎著電單車，順著中環的東行電車軌道飛馳。這時，前方突然響號大作，行車線也混亂起來，陽天驀見一輛紅色跑車正在路上逆行，急速衝向自己。定睛一看，駕駛座上竟然沒有人？

就在兩車接近十字路口，快要相撞之際，一輛轉入內街的西行電車在叮叮聲中穿過，雙方不約而同煞停下來。

電車上的乘客好奇地觀察這場「意外」，其他汽車亦瘋狂響號以宣洩不滿。

待電車一過，陽天細看紅色跑車，見其後座有一雙淺紫色的眼瞳，以及一對如白色薔薇的手套，散發著頹廢般的奢華。

陽天心想，奧羅拉部隊的「代理人」果然主動前來了。

代理人瞄了陽天一眼，遞右手比出鬥車的手勢。陽天扭動電單車的油門，轟隆作響，繞過紅色跑車搶先出發。代理人心念一動，紅色跑車立即原地調頭，高速追上。

紅色跑車與電單車，在中環至灣仔東西行的電車路上交叉穿梭。冷不防一輛電車在紅色跑車前方迎面而來，中年的電車司機駕車二十年，未曾遇過這麼瘋狂的情況，嘴裡不斷唸著「上天保佑」，握著操控桿的左手冷汗直冒，右腳不停踏動腳下的敲鐘，鈴聲叮叮大作，乘客們抱頭驚叫。

當紅色跑車快要撞上電車，在千鈞一髮的瞬間，才切入旁邊的路軌，砸向剛剛衝前的陽天電單車。兩車貼近的一剎那，在錯落的陽光映照下，陽天瞥見代理人和他無框眼鏡邊架上的金色「A」字標記。

突然，紅色跑車切入灣仔軍器廠街，陽天緊緊尾隨，很快便進入通往九龍半島的海底隧道。在隧道中，紅色跑車繼續不守規則飛馳，陽天也不甘墮後，電單車直接駛上左旁的緊急通道。始終紅色跑車領在前面，陽天不妨由它帶領前去某個目的地。

十分鐘之後，陽天和代理人越過了九龍城寨的外圍，也越過了陽天與笑面虎初次相識的麗宮戲院，沿彩虹道駛去，正來到不遠處的黃大仙警署時，紅色跑車倏地越過隔鄰行車線，駛向一個大型施工地盤旁邊。

這時，陽天的電單車突然響起轟隆聲加速，看準地盤出入口的卸貨用斜台，一口氣衝上去，從後飛越紅色跑車的車頂，搶先落在前方。

代理人從車內伸出了一隻白手套，並豎起拇指。

陽天看見施工地盤，寫著「彩虹道遊樂場擴展工程，今年啟用。」

在他的回憶中，這地方之前是大型遊樂園地，啟德遊樂場。

「初次見面，西天王。」紅色跑車後座的車門啪嚓聲打開，代理人下車。

只見他身穿灰藍色西裝背心，戴著玫瑰金材質、典雅風格的無框眼鏡。貴氣的臉孔上，隱見時光沖刷出的沉穩，同時難掩與生俱來的高傲。

這種傲氣，可不是隨便一個富家子弟就能擁有的。

那源自他的身份，地球人與外星異形結合而生的混血兒。

根據資料，奧羅拉部隊的代理人比陽天年長五歲。城寨「南天王」彭博，也是如此。

未等陽天開口回應，彭博已指著地盤內一幅宛如長城的石牆，問：「你有沒有來過這裡？」那是啟德遊樂場僅存的外牆遺蹟。

陽天豈會沒有來過。少年時代，仍被稱為「孤兒仔」的陽天，與一起從孤兒院逃出來的好友們，來過兩次啟德遊樂場。

第一次是八歲，陽天與好友們來看魔術表演。他好不容易才找到中央通道旁的觀賞位置，見識了台上的「刀鋸美人」和「水箱逃脫」，都非常逼真。

魔術師明明把那位艷麗的女助手鋸開多截，最後她竟然回復原樣，安然無損。她又明明走入了密封水箱之內，竟然在黑布一蓋一掀的幾秒間，不知所終。正當魔術師問大家她在哪的時候，一隻濕漉漉的手輕搭在陽天的左肩上，陽天人驚回望，竟然是那位女助手。

陽天看著水滴爬過女助手那艷麗的面孔，不禁怦然心跳。她輕撫了陽天的臉頰，嫣然一笑，走回表演台上，接受雷動般的拍掌聲。陽天至今，亦未曾見過能超越這水準的魔術表演，以及那麼美艷動人的女性。

第二次是十一歲，魔術表演依舊精彩，但女助手已換人了。

他坐過繞著遊樂場的單軌火車，玩過恐龍屋、過山車、鬼屋和摩天輪等遊樂設施，卻發現朋友們早已對此失去興趣。

他們之後改去美孚的荔園遊樂場，再之後，改去港島南區的海洋公園。那些是比較高的消費，他們負擔得起，但陽天不行。他自力更生，一分一毫都很重要。

從此，陽天自覺與他們有一段隔閡，慢慢便沒有來往。長大之後，就算偶然還會在街上碰見，也只是點點頭而已。

陽天沒有細說關於這遊樂場的回憶，只是微笑點頭，但彭博依然說個不停。

「可惜啊，只餘下它，它太可憐了啊……」

「很後悔，它關閉前我不在香港……」

「換了我，我定集資收購這地皮，留住它……」這幾番話，陽天皆暗地認同。

「好了，陽天，我們談個協議吧。」彭博抬抬無框眼鏡，邊架上的真金「A」字閃出光芒，繼續說：「城寨時日無多，大家各有該做的事，請你別來阻我『彭氏企業』的業務發展部同事工作。」

彭氏企業是南天王的家業，彭博口中的業務發展部同事，自然是指奧羅拉部隊。眼鏡片倒映著冷靜聆聽的陽天，彭博分析現時的形勢：「只要你們搜神局干涉其中，在過程中你的『笑面虎的寶藏』可能就會曝光，這就正中北天王派來的『太歲』的下懷。」

「北天王」從來都是一個身份神秘的代號，前任的呂烈只不過是被操縱的傀儡，今回派出的太歲，據說是位戰力絕強的女悍將。

「早陣子，我有五位同事，在城寨內死不見屍，相信是她的所為。」

彭博說得從容，聽不出對失去部下的憤恨，彷彿無能者死是理所當然。

「她看來也是令你頭痛的對手。」陽天也從容回應。

「越能讓我頭痛的事情，我越感興趣，」彭博搖動左手食指，說：「為了確保這次任務順利完成，即使要把西、北兩股勢力瓦解，我也在所不計。有點難度，但不等於不可能。」

陽天凝神思索，51區、搜神局、太歲、神秘的北天王……這豈止是一場黑勢力鬥爭？

彭博看著陽天一臉認真，依然從容地問：「陽天，趁我們未正式交手，不如來我家食茶，賞面嗎？」食茶，那是潮州話飲工夫茶的意思。

陽天帶笑搖頭，說：「下次吧。」然後逕自走向電單車，準備離開。

彭博再問：「喂，陽天，我們有沒有在遊樂場碰過面？」

陽天回頭，學習南天王的從容，說：「怎記得呢？其實，九龍城寨也可以當作遊樂場，我想它一定不比以前的這裡差！」

彭博拍掌，一雙白薔薇更顯孤傲。

十五分鐘後，陽天的電單車停泊在九龍城寨與東頭邨之間的主要大路上。這裡曾經上演過不少驚心動魄的戲碼，去年十一月，前任的西天王和北天王就是於這裡同歸於盡。

今天，一個臉容慘白的外國醉漢手持一瓶伏特加，另一手拉住一位十來歲、穿著格子校裙的女生，來到了大路的中心。醉漢將酒向女學生的頭頂淋下去，然後一腳把她踢開，這時陽天趕到，連忙喝止並飛奔上前。

女學生臉色變青，表情十分痛苦，口唇不停顫動，卻說不出話，只能發出嘶啞的呻吟。當她看見西天王出現，像是找到求生的希望，便伸出右手，蹣跚地走向他。可是，酒液腐蝕了她的皮膚，散發出大量刺鼻難聞的白煙。

陽天及時脫下外套掩蓋女學生，緊緊抱著她，輕聲安慰：「別怕⋯⋯別怕⋯⋯」

他環顧四周，希望沒有人看見女學生皮膚下露出了爛泥般的青色軀體。

可是，他發現在三十呎外的路口，高個子馬利一直在拍攝，金髮彼得從旁報導，肥矮保羅則在筆錄。

醉漢指著陽天，發出了瘋狂的笑聲。陽天外套下的顫抖和痛叫漸漸減弱，終於沉寂。

陽天輕輕放下女學生失去生命的身體，兩手運起左陽右陰的氣勁，伴隨心中的怒火，快步逼近醉漢，腳下弓步，右手推掌擊中醉漢胸前，再連環打出左掌把他震飛，先反後正的掌勁擾亂了醉漢體內的血液流動，跌倒後一時間竟站不起來。

殺死他，無補於事，先制下他，再交由法律制裁。

卻在此時，陽天發現在圍觀人群中混入了十多張慘白的臉，全員用右手掩著右眼，擺出與上次金髮彼得同樣的瞪眼姿勢。

原本躺著的醉漢突然如沒事人般站起，右手拇指和食指作鎗狀，指著自己的太陽穴，

「砰！」的一聲大叫，七孔立時噴出了慘紅血柱，身體如斷了線的扯線木偶般倒地。

陽天看著這一幕，醉漢鎗指太陽穴的動作，竟如孫行土上次一樣，也許於奧羅拉的眼中，生命只不過是瞪一瞪便完結的東西。

九龍城寨是香港、英國和中國政府都無法管治的「三不管地帶」，在那裡發生的罪行，只能用地下制裁方法來處理。

現在，陽天只需要一聲號令，所有「笑面虎的兄弟」便會立刻集結，一起血腥清算奧羅拉部隊。這幾千人有些為道義，有些為名利，亦有些為嗜血。就算有多少死傷，笑面虎留下的龐大財富也足夠作他們的安家費。可是，陽天真的要血流成河才甘心嗎？

陽天冷了臉，轉身抱起用外套蓋著的女學生屍體，走回城寨。只因現在還未是制裁的時候，先要阻止奧羅拉部隊的陰謀，待代價一天一天的增加，清算時，整支奧羅拉部隊也無法償還。

當天晚上，城寨傳來陣陣不安的騷動。在笑面虎的城堡中，那塊蓋著女學生屍體的黑布也感到整個魔窟在微震。

陽天坐在他的王座上，右手托臉，左手緩慢上下拂動，演練太極的動作——敵微動，己先動；以己依人，務要知己；以己黏人，必須知人——他既在揣摩招式的精微，也在思考一些重要的對策。

驀地，一對夫婦無聲出現在女學生屍體的前面。

陽天語帶歉疚說：「對不起，我救不了她……」這宗不幸，也許是衝著他而來。

夫婦二人同時拉開了自己的皮囊，現出原形，跪地抱著女學生痛哭。他們的祖先來自玉夫座超星系團，搜神局檔案號碼 GU286636。

丈夫發現阿水在旁偷看，但也無妨，他探測到這人的腦部沒有正常的思考能力，更發現他也曾經歷過喪失家人的痛。

「你們……」陽天看著眼前情景，繼續思考下一個層次，直問夫婦：「還有沒有其他親朋戚友？」

夫婦皆思考一會，待互通意識之後，丈夫才向陽天點頭。

此時，陽天左手忽然運起陽極的能量，秒間提升至異常強盛。當手緊握成拳頭時，他心裡已立下了一個無人可阻的決定。

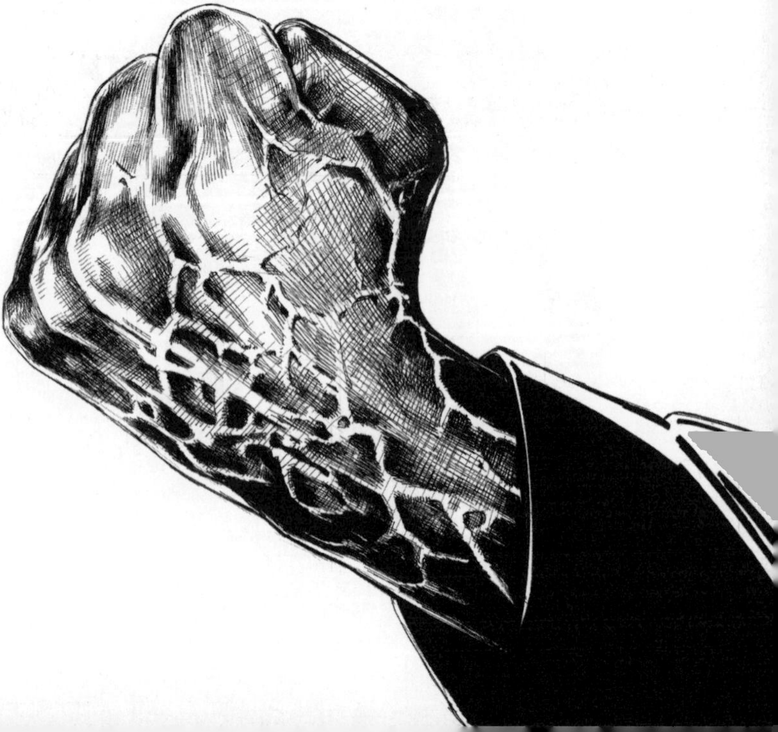

連線

第4回

MMXXI

梁榮生，享年廿六歲，梁氏家族的第四代傳人，兄長掌管家族生意，他則主力慈善事務，成立愛與和平基金會，扶助第三世界的家庭，提供人道支援。梁榮生的遺體將於下星期三舉行無宗教儀式火葬，本月底舉行追思會。

由昨晚開始，陽昭和春風不斷追蹤各社交媒體發表的梁榮生死訊，同時分析死者過往的帖文，包括他的每一個讚、每一個分享和每一個追隨者，順藤摸瓜地查下去，經過電腦的通宵處理，鎖定了十五名社會名流和三十名專業人士，再尋求這四十五人的共通點，花了一整個早上才得出結果。

中午，向明月煮好了三餸一湯，包括可樂煮雞翼、鹹蛋蒸肉餅、炒黃金翠玉瓜和粉葛鯪魚赤小豆湯。

邊吃邊開會，這是陽昭提出的建議，吃完便可以立即行動。

春風拿著一大疊人物關係圖表，說：「梁榮生與另外四十五位人士，原來是一個成立了十年的新興宗教的信徒。那是只流行於富裕階層和上流社會的小眾團體，行事非常神秘，卻能突破宗教的框框，把科學與宗教融貫成一個體系。很厲害，是吧？更厲害的是，它的教名和宗教領袖也是叫『乾』。」

乾。《周易》六十四卦的始源。大自然的真理。

陽昭補充：「我扯下來那個面罩，附有探測及分析功能，所以他們才可以看穿我發箭的軌跡。黑隕石元素是這個裝備的動力源，只要一撮粉末就足夠了。而它封存黑隕石元素的技術，與古蜀國所用的非常近似。」

向明月淡淡地說：「那些黑衣人只要穿上裝備，便可成為超人。那宗教在造神，老孫，對吧？」

孫行土回應：「自從去年那隻怪手來搞亂香港之後，大大小小宗教組織都拿二零二三年滅世災難大做文章，可怕，真的可怕。」

向明月說：「可怕的不是那些裝神的人，而是普羅大眾的恐懼。」

孫行土說：「距離災星回歸，不足一千日了。」

春風帶點雀躍，說：「剛才陽昭和我想到了一個點子，說不定很快便能夠找到更多線索，那麼，我們繼續去追查囉。」

陽昭不喜歡做家務，加上有任務在身，吃完便走，說：「媽，這裡就交由您善後。」之後，二人帶著輕鬆的腳步走進地庫。

清理桌面時，向明月忽然問孫行土：「你改變了店面，其實是怕想起他吧。」

「妳不該記起的，卻偏偏記起了……對呀，所以我把店內的東西一件又一件送人。」說後，孫行土沉默了一會，才望向店門那邊說：「其實我至今仍未放棄，他總有一天會自己推門進來……」

向明月見孫行土尚且這樣，其他老朋友又如何呢？

不論如何，她要走一趟。

在點石齋地下第一層的實驗室，工作桌上放著那個從黑衣人扯下的面罩，春風一絲不苟地在它上面插了超過二十條光纖訊號線，便叫陽昭可以開始實驗。

「虛擬的互聯網環境，可以了，」春風細道她的計劃：「我們欺騙這面罩連上原來的終端，看它有甚麼反應，可能只有一秒，陽昭你要好好留意。」

陽昭點頭：「現在連線。」

面罩旁邊的紅色六劃「乾」標記再次亮起，不斷收集資料。

陽昭看著電腦屏幕上接連彈出他們二人的資料，包括外形、心跳、呼吸和力量等等。在虛擬的互聯網環境中，面具正嘗試連接一個IP地址，一旦不成功，便改接其他。

陽昭建議：「要這樣嘗試它有多少個終端，會很悶的哩，倒不如來真的吧。」

春風一聽便有新主意，說：「那我們入侵美國太空軍，由它當跳板攻入那IP地址，打了就撤，即使對方反擊，都是由美國太空軍代擋，我們早就逃之夭夭。」

美國太空軍是美國去年新成立的軍種，主要職責是為美國在外太空執行軍事任務。雖然未知太空軍有多厲害，但它的部隊標誌似是抄襲老牌科幻美劇，成為了陽昭和春風一直嘲笑的對象。

美國政府視搜神局為恐怖組織，其中一個原因就是搜神局經常借它旗下的機構來當替死鬼。

陽昭微笑：「有辦法啊。春風，妳猜可以維持多久？」

春風自信滿滿地說：「賭一頓下午茶，超過一秒當你贏。」

結果，0.687秒，便斷線了。春風大讚美國太空軍不錯，陽昭則願賭服輸。

電腦屏幕上多收了三條訊息，經過一小時解碼，依接收時序，第一條是活動批准，第二條是行動指令，第三條是殉教通知。果然，那場遭遇並非偶然，黑衣人們是依照「乾」的指令圍攻陽昭的。

打開第一條訊息，首先是一個二人熟悉不過的標記——

一隻鷹載著太陽從天際照亮世界，正是古蜀國、埃及和蘇美爾文化都有記載的鷹翼太陽輪。

「父親覺醒的青銅弓上，就是刻了這個圖案。」

在乾卦符號之後，陽昭再發現疑與父親有關的線索。

經過多番解碼之後，得出鷹翼太陽輪圖案下面的訊息是舉行時間，上弦月晚上九時九分九秒。而地點只標明了「聖殿」，春風覺得可以從今早查出的四十五人的生活方式中找出來。

陽昭故作輕鬆地說：「那麼，我們也去玩一玩吧。」

但春風聽出，他多少帶點憂慮。也許是經歷了去年秋天的那場大災難，陽昭仍未完全平復。她願意在適當的距離幫助他，但二人的關係不宜再進一步，因為她始終要回歸「虎將一族」。

晚上，點石齋附近的月租式酒店。春風回到一二七號房間，躺在床上思前想後，終於打了一個視像電話，給遠在吉隆坡的義妹冬雪。

冬雪在四姊妹中排行最小，名字雖冷，但心卻熾熱，在公在私都是義兄虎將的生死拍檔。

屏幕上出現了坐在輪椅上的冬雪，打完了招呼，她說：「春姐，怎麼今晚這麼早，要不要我叫夏姐和秋姐也來？」

春風急忙叫住她：「小冬，小冬，別找她們，今次我有事要向妳請教。」

冬雪露出少見的驚詫表情，疑問：「怎麼了，是不是那個人有麻煩了？」

春風將陽昭遇上黑衣人和「乾」的事和盤托出，而找冬雪幫忙的原因是，虎將的高科技戰衣主要是由這義妹設計的，或許她也可以對陽昭的行動服如何強化給予意見。

春風問：「在行動服中加入像虎將戰衣那樣的激化功能，是否可行？」虎將的戰衣運用了中醫的針灸理論，內層有微針刺激全身穴道，令各項人體機能得以瞬間加強。

冬雪想了一會，才說：「那些黑衣人是靠特殊裝備而突破人類極限的嘛，嗯，春姐，妳真的想陽昭跟他們一樣嗎？或是……」

春風默不作聲，等待著妹妹的建議，但冬雪只問：「如何做才可令妳安心？」

言談間，冬雪看穿了春風的心，春風只得借笑帶過。

冬雪安慰春風：「姐呀，我們四姊妹本是共同體，現在妳獨自一人，就放心追逐妳喜歡的事物，做好這個短暫的美夢吧。」

冬雪曾經做過這樣的美夢，為義兄林康柏擋了宿敵犬牙王一爪，傷及腰椎神經，下半身從此癱瘓了。幸好，得到師父「夜鷹」利用中國和古印度醫術交替施救，傷患漸有起色。

春風想到這位義妹的坎坷人生，不禁流下淚來。冬雪被她觸動，亦強忍淚水，說：「……對不起，春姐。」

春風用衣袖擦過眼淚，裝作堅強說：「警告妳啊，別把我這糗事告訴小夏和小秋知道，否則我回來時不給妳手信。」

冬雪收拾心情，很快說道：「那種設計很簡單啦，妳先小睡一兩小時，張開眼便會收到了。拜拜啦——」離線的前一秒，突然響起兩把笑聲，春風不禁大叫「哎呀」，嚴重程度屬於第八級。那必定是夏秋兩位義妹早在鏡頭之後忍笑。

離線後，春風終於可以安心小睡一會，因為她知道張開眼時，便會收到陽昭的最佳強化方案。

第五回

外星血統

九龍塘大宅區，在一代武打巨星李小龍的「棲鶴小築」附近的一座高雅洋房，是前任「南天王」彭義的故居。

上層是近一千平方呎的古雅大廳，四壁掛滿了附庸風雅的字畫和古董，彭博一個人坐在亡父愛坐的酸枝單人椅，在原石茶几的圓形桌面上擺好紫砂茶具，煮一壺熱水，就像他父親生前那樣。

工夫茶，這個晉唐衣冠南渡後保留下來的品茶文化，盛行了千多年。

一個小茶壺，四個小茶杯，講究的是工夫。沖水、洗茶、洗杯、沖茶、稍候片刻才端杯慢慢細飲。

「第一次分茶，記得要『關公巡城』，快速巡迴，均勻地分到杯中至七分滿。幾衝之後，茶壺中還有少量濃茶，是茶湯的精華部分，也需要均勻分配。一杯一滴，分別滴入各個茶杯，這叫做『韓信點兵』。」

「食茶」聽故事，這是前任「南天王」彭義對這位私生子獨有的愛護。

一個來自潮汕的勤奮漢子，創造了九龍城寨這個不用建築師也不用機械的建築奇跡。

一九五九年四月，四十五歲的彭義一個人帶一個包袱，攀山涉水來到香港，投靠在城寨混偏門生意的叔伯們。彭義的元配在二月時因病過世，他為了出人頭地，便狠心留下兩位八歲大的孿生女兒在鄉下祖屋，離鄉別井。

彭義為人拚搏，很快在眾多勢力中上位，不論城外或家鄉，很多同鄉「自己人」紛紛前來投靠他，經年累月，彭義不知不覺地組成大勢力，從而坐上「南天王」之位。

為了安置「自己人」，彭義不斷在大廈天台非法加建，由原來的六樓加建至十樓，數年後還不夠，便加建至十四樓。若不是它們沒有打樁作地基，僭建下去終有危險，恐怕此處的樓房早就摸到天頂。

當上南天王之後，彭義才接家鄉中的兩位女兒來香港，任她們在這遍地黃金的地方胡闖過活。自元配走後，彭義在聲色犬馬的城寨變得風流，還易患上茶醉，在工作時間以外便迷迷糊糊做人——他就是最愛這種狀況。

一九六二年四月某早上，彭義快四十有八，醒來後發現床頭多了一個初生男嬰，面相竟跟他有幾分相似。糟了，是哪場風流債的？他完全想不起來，就當成上天忽然送來可以傳宗接代的兒子，可以嗎？……別管太多，趕快花點錢去辦張出世紙。

生死註冊處的職員問彭義，兒子叫甚麼，他回答：「彭搏，搏命的搏。」想了一會，彭義不想兒子辛苦，改為博學的博。

自從老來得子之後，彭義便認真地領導一班潮汕鄉里，陸續撒手城寨內的偏門生意，專注發展建造樓房。近十年，他在城外努力打拚「彭氏企業」，各行各業也沾了一手。

六年前，彭義患上老人癡呆症，生意改由兩位年長的女兒打理，可惜變成了爛攤子。彭義離世之後，彭博決定從美國回香港，兩位同父異母的姐姐願意交出彭氏企業的全權，給這位「不可欺負的弟弟」。

然而，彭博在香港深居簡出，絕少理會九龍城寨的勢力爭奪戰，就連一九八七年一月十四日，政府宣佈將於一九九四年前分三期拆卸城寨，他也沒有太大的反應。

「東天王」的引退宴，他也沒有出席。

西北天王大戰，他亦沒有乘機收漁人之利。

因為他正忙於降低自己的智力，去配合一群「白癡」、「垃圾」和「廢物」，教導他們如何變得有用，合力收拾亡父遺下彭氏企業的爛攤子。

直至去年十一月，51區向彭氏企業提出了一份「業務委託書」。

彭博沒有太多考慮，便答應了成為51區的代理人執行任務，用了兩個月引入美國的精英，成立業務發展部。

除了「食茶」，彭義最愛帶小時候的彭博去一個「很好玩的地方」。

當時只有三歲的彭博，參加了啟德遊樂場的開幕日。

甫到大門口的售票處，他便見到一隻會發出叫聲的綠色巨獸佈置，上方則有環迴遊樂場的單軌小火車。

這陣初次體驗的興奮，叫他拉住父親粗糙的大手，走進大門後面的快樂園地。

可惜，適合三歲兒童的玩意不多，除了小汽船及小火車，其他較大型的機動遊戲根本沒有彭博的份。

於是，彭博努力讀書，希望快些長大，便可以玩大型的機動遊戲。「天資聰敏」、「記憶力強」和「品學兼優」，都寫在他的成績表上。

到了八歲生日的晚上，彭博掙開了父親的手，獨自坐上當時全港最大的摩天輪，他覺得是很高很高的，坐上去時既害怕又開心，去到頂端，感覺像置身在空中一樣。

他忽然渴望離開地球，加入科幻卡通中的英雄隊伍，一起飛往宇宙深處冒險。

來到了十三歲，摩天輪已無法滿足彭博，正要決定這是最後一次來啟德遊樂場之時，他突然讀穿了眼前路過的女人的心思，她有重要的事離開香港，卻又擔心留在香港的親人，心情非常矛盾。

之後，他帶著莫名其妙的心情回家，也讀穿了父親內心的喜悅。從此，他確信自己是個不尋常的人。

可惜，這個改變令他的人生脫序。

他有時會無法控制地看到人、植物、動物和其他物體的氣場，像一團有顏色的霧。聽覺越來越敏銳，微弱的聲音一清二楚，還會在腦子裡聽到一些人耳無法接收的、像電子樂那樣的超音波。

其他感官如嗅覺、觸覺和味覺都增強了，可以嗅到更多花草的芳香，甚至是加工食品裡的化學添加劑。

他常常半夜醒來，感到無所適從，也無法解釋，這是否科幻卡通英雄的超能力？

為了解開這個謎團，彭博最初在學校圖書館，找來了《超能力覺醒》、《超能力一百個為甚麼？》等兒童科普書籍，但當然不能解決他的困境。最後，只好走遍公立圖書館，好不容易在不設外借的部門找到了十本研究專書。

接下來一星期，他每天逃學，留在書房邊看書邊做筆記，廢寢忘餐地研究自己何以與別不同，以及嘗試為自己找一個正確方向。

又過了三天，直到他設想出一個答案，才滿意地走出書房。正確來說，那是暫時沒有人能否定的設想。

以往，彭博問過，自己母親是誰。父親只答搞不清楚，是哪個舞娘或風塵女子。

但經歷了體質的異變，彭博開始深信那個神秘的生母並非人類，未來人也好，地底人也好，外星人也好，引致他擁有超越人類的能力。

終於，彭博找到了一個出口。他笑得更自滿，那份自滿讓彭博暢快過著每一天，他感謝父親帶他來到這世界。

他希望有一天能遇上擁有類似特質的人，那時候便可以安心相認。

彭博十六歲時，一個人再次來到啟德遊樂場，扮作普通人，享受機動遊戲所帶來的刺激。甫到大門前，他忽然萌生了一股懼意，竟不由得屈膝跪地。

抬頭仰望，大門上方是一頭高逾七呎，獠牙長得像鑿子一樣的兇獸，手持長矛及甲盾聳立，神態狂傲。

彭博搞不清楚何來這頭兇獸，連忙爬起，欲快步離開。

剛回身，卻見天空墜下一團天火，轟隆著地，面前頓成火海一片。

既不能進，也不能退，彭博產生了死亡的預感。

只要火一焚身，或是長矛一刺，便可以讓他在家族血脈和這個星球上灰飛煙滅。

過去所有的努力都將完全枉費，想到這裡，心中的懼意逼出了他不甘心的淚水。

奇怪的是，火海中有一塊帶火的透明黑色天石，砰喇裂開，裡面傳出一陣嬰兒的哭聲。

他冒著烈火想上前看清楚究竟，但嬰兒的哭聲卻叫他越來越害怕……

FRIZZ

當彭博跨入火海，眼前一切卻回復正常，他仍在人來人往的遊樂場大門前。

他驚恐地尋找剛才幻象的源頭，是那個啣著兩支香煙路過的男人嗎？

還有誰？還有誰？還有誰？

終於，彭博如願以償碰到特質相近的人，相比之下，自己只不過是踏著巨人腳印的渺小人類。這種恐懼和焦慮迫使彭博產生一股難以抑壓的力量，快要破體而出。這是他首次站在啟德遊樂場門前而不入。

翌日，彭博提著行李離家出走，到美國加州讀大學。

他完成商業管理碩士學位，只花了一年半時間。畢業後，還有半年才滿十八歲的他，來到了心中的聖殿——美國內華達州的51區，他希望在這裡找到「真正的我」。

為了證實自己擁有非人類的血統，彭博主動獻身給51區作研究，很快證實他的基因有部分是來自外星的，可是它藏有難以解讀的排序密碼，故難與51區的外星人基因資料庫作配對，無法查明他的生母來自哪星體。

雖然這樣，但已足夠證明，他是地球人與未知身份的外星人雜交的混血兒，所以才會擁有「力量」。不難推斷，九龍城寨及其附近也潛伏了不少外星族群。

所以，51區需要彭博這個人才，即使他只不過是現存過百個混血兒之一。

五年間，彭博接受51區種種的特工及軍事訓練，憑藉優異的表現，晉升為奧羅拉部隊的代理人，統率一群透過醫學改造、藥物刺激或精神訓練而增強不同特殊能力的超常人成員。

三年前，奧羅拉計劃中止了，但百多位成員仍留在51區內，成為沒有身份的人。

到彭博回香港接過亡父的爛攤子時，已是廿五歲。

他一方面對彭氏企業施行現代化管理，另一方面判斷城寨的形勢，趁那個啣著兩支香煙的笑面虎退出城寨、陽天勢力未盛之際，正式執行51區委託的代理人任務。

首先，他讓奧羅拉部隊加入彭氏企業的業務發展部，同時搬進城寨內的空置單位，達成了第一階段「佔領城寨」。

於是，有人生事，有人調查，有人密謀，一切為了第二階段作好準備……

洋房上層的大廳，在茶几前來了金髮彼得。

奧羅拉部隊，全員一百零四人，共有四支小隊，每支小隊二十六人，代號為A至Z。

彼得是奧羅拉成員的代表，每星期向彭博這代理人進行業務報告。

「現存九十八位成員，等待著第二階段，但還有一件事……」

彼得手上拿出了一小撮東西，把它平鋪在茶几上。一絲絲的，當中有些呈暗綠色，也有焦黑的，還散發殘留的香味。

「我們找不到那五位死去成員的屍體，只有紅眼睛史提芬在人跡罕至的巷子裡，發現了其中一人佩帶的原子筆，以及旁邊的一堆合成金屬顆粒，推測他們都被強大的壓力壓至只剩下體內的金屬。同時，他在現場也找到了這些東西……」

彭博嗅出那是由茶葉揉成的絲，哈哈大笑。「有品味！神經病！」用茶葉來作茶煙，比點燃一般煙絲的尼古丁更損害身體。那人不止厲害，也不要命。

彭博給彼得遞上一杯敬客的工夫茶，彼得把杯湊近鼻子，聞到茶葉的氣味與葉絲竟然相同，不禁大愕。

彭博卻輕描淡寫地說：「趁茶未涼，一口乾盡。茶只會越喝越清醒。」最後，他說出第二階段的目標——「清空城寨」。

彼得不懂欣賞這小小一杯茶的價值，但他會記下彭博和葉絲那種不尋常的關係。

這一星期，陽天沒有踏出九龍城寨，一直留在笑面虎的城堡，還把電話聽筒架起，不讓他的愛人和拍檔聯絡他。

他時常在午夜過後獨個兒遊走在城寨內，打量城中的一切人事物，一邊思考對策。

一晚，陽天路過大井街的水井，看見有一個外星異形伏在附近地上的裂隙，拚命地吸吮。那異形來自后髮座星系，搜神局檔案KG1038412，而裂隙則是城中其中一處已乾涸的「公共水龍喉」。

陽天心知他希望吸到黑隕石元素，即使只有一點一滴也心滿意足，連不慎露出滿身硬殼的原形也不察覺。也許他不是真的需要，只是心理成癮。

陽天本想若無其事，路過就算了，但給那后髮座異形伸出充滿怒氣的硬甲手攔住。

后髮座異形不滿地說：「二零二三年，災星回歸，陽天你要抱著笑面虎的能量方磚來陪葬嗎？分我一點就好，求求你！」

二零二三年，災星阿雷斯回歸，粉碎地球成為星塵，這是眾所周知的末日預告。

陽天以怒目代替回答，后髮座異形才不情願地收回硬甲手。

當心情累了，陽天便回到笑面虎的城堡潛伏。

白天，陽天又站在天台上思考，看著城寨內一幢又一幢的大廈，幻想著眼前大廈群之間有百多個火團從地面升空，所有沒有打地基、樓挨樓而建的建築物如連鎖般倒下，滿城葬身火海，無數哀號和哭聲，漸漸死寂。

全城生命瞬間煙滅，他不禁笑了。

忽然有一把女孩的聲音從背後傳來，「西天王哥哥！西天王哥哥！」

陽天回身看到一個流鼻涕的女孩，撐著一支晾衣竹竿在叫嚷。她是其中一位「笑面虎的兄弟」的女兒。

雖然九龍城寨是罪惡之都，但兒童們尚能在這裡無拘無束地嬉戲。

女孩向陽天揮手，雀躍地說：「哥哥，快來玩，快來玩。」說時指著不遠的山邊，正有一架飛機飛向城寨的上空。飛機越接近城寨，引擎聲越震耳。

此時，女孩走過來，將竹竿交給陽天，在飛機掠過二人頭頂的時候示意他向上打。在震耳欲聾的巨響下，女孩扯盡喉嚨高呼：「打它下來！」

當然，陽天不可能如孩子的幻想，用竹竿打它下來，但飛機捉緊了陽天的眼光，帶到啟德機場去。

女孩既滿足又擔憂地說：「老爸說，如果搬到城外，就不能玩了……」

陽天拿著這支晾衣竹竿，對剛才那段十多秒的經歷，似有領悟。

翌日下午，天台上，陽天遠望那女孩搬離城寨。

女孩的爸爸非常滿意地給西天王「遣散」了，就算女兒有多不願意離開，也要即日搬走。所有「笑面虎的兄弟」都陸續接受西天王用「大倉」的錢，以及城外的地盤作遣散費，準備在一星期內逐批離開。現在，城堡內只餘下那個白癡阿水。

乾卦的第四爻：「或躍在淵，無咎。」此爻剛脫離下卦，進入上卦，意象如淵內的龍，若決定上升就需躍出，但留在淵仍是安全有利，因此沒有災咎。

有人走，也有人來。在這段日子，竟突然有大量「外人」搬進城寨。他們來自香港各區，陸續入住被陽天清空了的單位內，並掛上各種「同鄉會」的招牌。

不僅正煩惱著搬遷的居民，就連奧羅拉成員都感到這些「同鄉會」絕非善類。

彭博喝著工夫茶，看著茶几上一張張照片，全是對同鄉會日常情形的監察，照片有些失焦，有些過份曝光，但最重要的地方都拍下來了。

雖然同鄉會的招牌上寫著河東、海南、山西、湖北等地名，不過那只是用來掩飾宇宙不同星系的代號。

可是，這些不是普通的偷拍照片，而是銀髮賓尼利用心靈遠攝能力拍下來的。能夠影響賓尼的拍攝，同鄉會果然不易對付。

於是，彭博合掌一拍，大喜：「做得好，要戰鬥了。」

奧羅拉部隊的任務，分成兩個階段：「佔領城寨」和「清空城寨」，真正的重頭戲則在於清空城寨之後的戰鬥行動。

戰鬥行動有三個部署，由代理人按照第二階段的發展狀況，而決定選用哪一個。

終於，彭博說出了那個部署的代號。那是所有奧羅拉最期待的一個。

彭博認為，戰鬥行動發生於月圓之夜，將會很有詩意。

只不過，五月的月圓夜已過，只能等待下一個月。

然而，月亮每晚都會在空中出現。從虧到盈再到虧，一個月變化出四種不同的月相。月有四相，晦朔弦望。

向明月向重華學習「拜月」，重點在於與星體同步，並非「拜」這動作。

晚上，她望見睡房的窗外出現了下弦。那是太陽、地球和月亮三者連成直角，且月球在太陽西面時，朝向地球的月面只有一半被照亮。

她記著與星體同步的要訣，首先伸手對準星體的方向，然後感應它的特性，與自己的身體對應。

向明月誠心伸出右手，向著空中的下弦月。

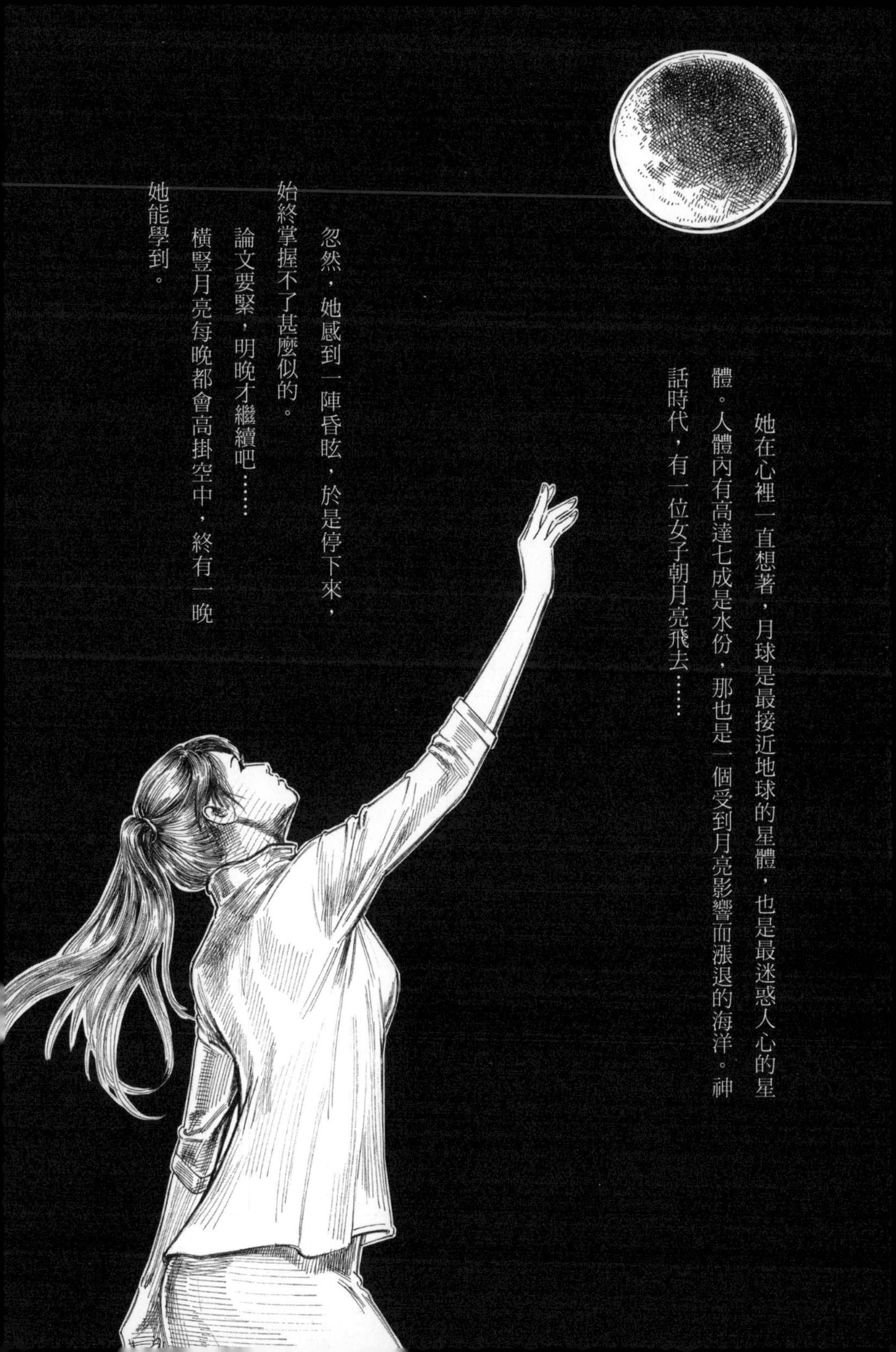

她在心裡一直想著，月球是最接近地球的星體，也是最迷惑人心的星體。人體內有高達七成是水份，那也是一個受到月亮影響而漲退的海洋。神話時代，有一位女子朝月亮飛去……

忽然，她感到一陣昏眩，於是停下來，始終掌握不了甚麼似的。

論文要緊，明晚才繼續吧……

橫豎月亮每晚都會高掛空中，終有一晚她能學到。

五月尾。

這陣子，九龍城區有一個傳言甚囂塵上，指南天王的白臉人與西天王的同鄉會，隨時血染九龍城寨。

因此，城寨附近的店舖完全落閘，宛如死城，反而顯得那些抗議政府賠償不公道的橫額和海報更有生氣。

傳言一天又一天，到了第三天……黃昏，九龍城警署。

陽天被鎖上了手銬，由背後的反黑組便衣探員「老孫」推著走。

孫行土低聲說：「小子，公事公辦啊。」

陽天路過了警察的辦公室，看見自己以往的工作桌，還有那個改變命運的失物處理部，一直走到專門「招待」重犯的特別會面室，四邊金屬牆壁，與外界隔絕。

鏘！鐵門打開，西天王驀見南天王早已在內品嚐潮州打冷。

陽天接過孫行土交來的鑰匙，自行解開手銬，向彭博叫聲「嗨」。

孫行土關上門，保持平靜地說：「大家邊吃邊聊。」

打冷是彭博叫城寨內的叔伯送進來的，潮州糜、菜脯炒蛋和鵝頭頸，三人份，味道比上環皇后街的那間還好，就差不能在房間飲啤酒。

孫行土剛吃過了鵝頭頸，嘴上還沾滿油膩，便說：「博仔，我和你阿爸算是老友，他走的時候我也有去上香，現在，大家三口六面講清楚吧，別難為這區的市民。」

彭博忽然認真地問：「孫先生，你現在是甚麼身份？」又指向陽天：「他和你既是警察，又是搜神局，兩面都是我的對手，很難講清楚。」

陽天不服：「你先撤走你的同事再談。」

彭博攤開戴著白手套的兩手，說：「我的手是白的，我沒有下令他們做甚麼，他們只循自己的想法去做。」

陽天拍桌，不滿地說：「好呀，我知道該做甚麼了！」

彭博抬抬眼鏡，依舊從容地說：「不如玩刺激一點，奧羅拉最後行動的提示是：圓月和方舟……」身為代理人，他有絕對信心完成任務。

從彭博的提示不難聯想：圓月，就是農曆十五日；方舟，則是舊約《聖經》記載的挪亞方舟。

陽天不屑地說：「樂意奉陪。」

孫行土也不顧彭博在場，緊張地對陽天說：「小子，你現在所做的一切，都已超越了搜神局特工的權限，必須停止這場地球人與外星族群的血戰。」

陽天語帶激動，說：「只要你肯相信我，香港分部就算只有我和你，也一定會贏。」

孫行土正欲發言，一個公文袋被彭博丟到桌上。

彭博對陽天說：「給你的，算是黑材料，看完你再決定這個人是不是你的好夥伴吧！」說後，彭博吹著口哨，逕自開門離開會客室。

陽天打開了公文袋，內有三份臥底警察的紀錄，陳權廿三歲（一九八一年）、林志孝廿一歲（一九八三年）和胡秋明十九歲（一九八五年），三人的備註欄都寫上「下落不明」，全是孫行土的字跡。

在陽天之前，至少發生過三宗年輕臥底混入城寨，最後「下落不明」的事件，所以，陽天不是香港分部「唯一的新人」。

陽天拿起檔案一看再看，正色問：「我只是唯一能夠活下來的新人，對不對？」

孫行土腳步左右挪動，面有難色，回答：「……你沒有權限，不可知道。」

陽天是第一次見孫行土如此為難，總覺得他隱瞞著一些重要的訊息。他急促地深呼吸，大力把檔案擲到桌面，不滿地說：「又是權限問題，我不服！難道一些正確的事情，會因為我沒有權限而變成不正確嗎？」

孫行土看見桌上三張熟悉的面孔，往事不堪回首，眼裡掠過一絲陰影，激動地說：「這一次，我會選擇阻著你的路，一步也不許你過，要是你不相信那是錯的事……」

陽天搶步上前，兩手揪住老孫的衣衫問：「你真的不肯說出一丁點真相……？」這拷問犯人的動作，他從來沒有忘，但這次的對象不是犯人，是夥伴。

面對陽天再三追問，孫行土只得大力推開他。二人狠狠對望，良久，孫行土拉出椅子，故意別過頭，冷冷回應：「你……走吧……」

陽天不想糾纏下去，說：「好，我們便分開做自己認為是對的方法吧。」說後沉重地走向鐵門，絕不回頭。

入夜後灑著微雨，在九龍城警署外，陽天看見向明月撐傘在等，便上前拉著她的手，不發一言。

向明月看見雨點爬過陽天不忿的臉龐，暗想自陽天能力覺醒之後，所受的壓力越來越大。他對正義的執著，開始有點失控。

陽天驀地握緊愛人的手，尋求支持；向明月也緊緊握住對方的手。

雨水難以滲進二人的掌心裡。

不管要回去點石齋、笑面虎的城堡或是茫茫前路，二人還是要先走過斑馬線。

走在斑馬線上，向明月看見雨雲後隱約透出白光，便拉停陽天說：「等等，看我。」

說後，她伸手向天，閉上眼睛，摒除心中雜念，將心中念頭聚集。

忽然，向明月腦裡閃過一陣模糊且破碎的幻象，又引起了那陣昏眩，但她的手還不願放下來。

此時，二人站在馬路中心，兩邊有車停著，司機不停響號，催促他們走過斑馬線。陽天不理，只期待向明月在做甚麼。

過了約一分鐘，雲移雨飄，月慢慢再現。

陽天以為這是女友逗他開心，驚喜地說：「怎麼了，妳會魔術嗎？」

「你喜歡嗎？」向明月大喜，陽天微笑點頭。

不知道是愛人的笑容，還是月亮的力量，向明月霎時間渾身舒泰，便反過來拉著陽天走過斑馬線，前往九龍城寨那電線與電話線交纏的窄巷盡頭。

向明月點亮燭光，陽天首次看到了靈石。

乍看，靈石的紋路和石質，跟黑隕石截然不同。

二人前來的目的，就是在這靈物前立誓。

向明月從隨身攜帶的針線包取出細針，刺入食指，率先滴血在靈石上，說：「就像這樣……」

陽天誠心遞出左手，運起陽極力量，在食指頭逼出一點鮮血，輕彈到靈石上，然後握住愛人的手朗聲宣誓：「日與月生死不離，有違此誓，我陽天不得好死。」

向明月正欲相隨，陽天卻搶先說：「⋯⋯日後不論如何，一切後果由我承受就行了。」

二人於靈石前深吻作證。

就在兩唇相接的一刻，二人剛才滴下的兩點血在靈石上流動，也融合一起。

「阿月，我送妳回家，順道向伯父伯母提親。」

「他們還沒有這個心理準備呀。何況，你會對他們說，自己是城寨西天王嗎？」

「不，我也是臥底和特工，他們應該滿意我有三份工作。」

「你厲害啦，哈哈哈⋯⋯」

「剛才那月亮是巧合嗎？」

「是秘密啦，哈哈⋯⋯」

二人掃走了近月的陰霾，滿心歡喜地離開，漸行漸遠。

可是，向明月不敢告訴陽天，自從學會拜月之後，她時常在意識朦朧間看見不可思議的情景——在遠古時代，一位朝月亮飛去的女子，竟然與她擁有相同的臉孔。

傳說這奔月女子是射日英雄羿的妻子，姮娥。

目送二人完全離開了九龍城寨，那個女人帶著親手揉成的葉絲，拿起一小撮放入長桿煙斗內，火燃茶香，走過曾消滅五個白臉人的巷子，輾轉幾彎，來到靈石的前面，伸指輕觸石上那點融合的血跡。

重華淡然為向明月起了一卦，是上震下兌的「歸妹」卦。

《周易》的「歸妹」卦，是指天地間男女交往，要堅持正當的原則，互相欣賞，互相吸引，尋找好的對象。女方如找到合適的人選，便該回到應當回去的「歸宿」。

可是，世人皆知《周易》，卻鮮知另一本易經秘書《歸藏》。而《歸藏》所記的「歸妹」卦辭，卻跟「羿與姮娥」神話有莫大的關係。

姮娥偷取了羿向昆侖西王母所求的不死藥，升天奔月，卜者有黃為她算了一卦，說月亮才是她的歸宿，只要離開了羿，姮娥的命運反而會大好。

集《周易》和《歸藏》之說，「歸妹」一卦都證明了陽天與向明月的相遇，是羿和姮娥的基因互相吸引所致。

二人已進入「羿與姮娥」的命運軌道，最終走上生死分離的結局，不可違逆。

第6回

不移的正義

MMXI

又是一個陽光和煦的午後，陽昭在點石齋一人享受下午茶時，素顏的春風帶著一雙熊貓眼和莫名的氣勢推門而入。

陽昭咬著吸管，盯著她的臉，不發一言。沒有男人敢在女人放棄化妝的情況下多問一句，他也不例外。

春風命令陽昭：「你，快換上行動服！」逕自拿走他的法蘭西多士，糖漿也不加，就放進口裡。

未幾，陽昭穿上了專屬的行動服，拿著搜神機，眼睜睜看著春風喝光他的凍檸檬茶，還有……她咬著那支吸管，是不是日本朋友所說的間接接吻？

春風這才娓娓道來：「你這套行動服，在任務前會由電腦按照行動細節進行調整，例如溫度、感應度和所需的應用程式等，可是在行動中若遇上突發狀況，就要靠你自己隨機應變，對吧？可是，這還不夠。」

陽昭為了讓對方樂意說下去，立即作出反應：「願聞其詳。」

春風進入正題：「當你要即時思考，便可能會分心，好容易陷入險境或被敵人乘虛而入，所以我整理出一個可行的強化方案。就是利用它。」

它，搜神機。陽昭不禁一愣。

「雖然你已擁有變形武器，但拍檔不嫌多，搜神機可以成為你行動服的輔助運算器，就如整個搜神局做你的後盾。只需要更換行動服上的收發訊息晶片，再與搜神機同步一次就可以了。」

春風根據冬雪提供的改良意見，再切合陽昭的習慣對細節進行調整，便成為了現在的強化方案。

陽昭對春風的建議沒有疑問，但在二人相處八個月的今天，他聽出了背後的多一重意思，忍不住問她：「妳……是不是要回去了？」

春風微笑點頭，拉開大門：「我替你買下午茶，回來時才改造行動服。待會見！」

大門關上了，留下陽昭一個人茫然若失。而街上的春風輕輕拭去眼角的淚水，暗罵自己眼淺。

太陽即將西斜，九龍塘大宅區變得寂靜。

向明月離開香港多年，才發現一代巨星的故居已面目全非，心嘆香港最值得留下的事物，永遠因為無數理由而在地圖上被抹走。

當向明月走過了兩個街口，便來到老朋友的大宅。

她要感謝他曾幫忙多方斡旋，才可順利在香港歷史博物館舉行「神與人——三星堆古文明展覽」，設下捕殺外星異形饕餮的「青銅殺陣」。

這位老朋友本來不再過問地球安危，只是為了陽天，才從茶醉中醒來一陣子。但老朋友從沒與向明月見面，所有事宜交由他三位年過五十的美國女秘書處理。

向明月推開了虛掩的大閘，甫踏入大宅的正門，便聞到滿室茶葉香味，那是積累了半世紀的香味，有如紫砂茶壺的茶漬，一天比一天濃郁。

她不是第一次來這裡，在上世紀九十年代，她也曾常來……是不是呢？

向明月走上上層，來到一個空無擺設、茶葉鋪滿地上的大廳。她一時止步，卻見角落坐有一白髮如簑的男人，吸著長桿煙斗，壓低嗓子說：「別來無恙啊，向明月，妳要來陪我倒數人生嗎……？」

他每說一個字，灰煙便從七孔飄出來。

向明月繼續踏過地上的茶葉前去，因為她想知道那些她已遺忘的記憶……

在實驗室下層的特訓場，是當年由陽天與見道合力建立的。接受訓練的特工會因應所

輸入的難度，遇上廿五至廿八歲的陽天，那是根據陽天留下的戰鬥紀錄而產生的虛擬影像，初級特工可以向他學習，或進行模擬戰鬥。

陽昭就是在這裡與從未見面的父親重逢，並且學會了父親的絕技之一「五行氣箭」。

在進入特訓場前，春風替陽昭穿上了剛剛改造完成的行動服。以往換穿裝備時，陽昭已不是第一次在春風面前赤裸上身，但今次每當她的指尖觸碰自己的肌膚，都感到以往不為意的溫暖觸感。他暗暗享受著這片刻，然而心裡很快又生起剛才的失落。

待穿好行動服，春風與陽昭碰拳，說：「Good Luck。」

他忍不住抱著她，問她何時會離開。

被擁抱的春風，一時難以言語，只因無數的答案塞在喉頭。有真的也有假的，亦有輕輕帶過的。最後，她不作隱瞞地答：「虎將已在上月完成了修練，正籌備前往馬六甲，消滅被黑隕石異化的海盜團。只待收到他的命令，我便要回去。」

陽昭不禁胡思亂想，當他從特訓場走出來，春風會不會已經離開？因此，他現在抱得更緊。過了一會，「那，你也來吧。」春風輕輕帶走他的不捨心情。

「約定啊。」陽昭也輕輕放手，走到特訓場的門口，卻又回望春風，她仍在，還握拳作打氣狀，他才放心。

接著，陽昭進入了特訓場，預計這次特訓要進行廿四小時。

這一次修行不作模擬戰鬥，只為加強五行氣箭，測試搜神機與行動服的同步效果。對收集得來的陽昭行動資料，前者負責分析，並作出不同的建議；後者則實行各種所需的調整。

二零二一年四月三日晚上九時三十五分，陽昭的五行氣箭，拇指紅火、食指黃土、中指白金、無名指黑水及尾指綠木，已達形神俱全的境界。

隨即，他開始挑戰父親也經歷過的三個層次。

最初層次：聚氣於手掌五指之中，發揮五行屬性威能，通過了。

中級層次：五行歸一，聚合的力量變強，也通過了。

高級層次：隨心轉換不同屬性的氣弓氣箭，亦通過了。

為了開拓自己的世界，陽昭從不鬆懈下來。當走進特訓場，就如上戰場一樣，父親便成為了他的假想敵。既然世界上沒有了陽天，只要還有陽昭在，就不可讓地球於二零二三年滅亡。

滅世預言早就流傳網絡，為此奮戰到底的人，他不過是其中一個。

馬來西亞的虎將，就是陽昭認識的一位。現任的虎將與陽昭同齡，論力量，虎將的「虎將戰道」未必遜於陽昭的「五行氣箭」。

根據搜神機的評測，陽昭已大大超越了高級層次的基準，他心念一動，便呼喚電腦：

「密碼是陽昭 K468788-2。我需要陽天廿八歲至三十二歲的練習紀錄。」

說後，整個特訓場的機能乍然停止，就連大門也緊緊鎖上。

沒有燈光，沒有空調，只有響起了長鳴的警報聲。

自加入搜神局以來，陽昭使用特訓場多次，從未遇過這種情況，禁不住大叫：「春風，是不是妳在開玩笑？」

可是，過了兩分鐘也得不到回應，陽昭著急起來，盤算特訓場的電腦系統是否被入侵而停頓了，便準備運起五行氣箭，破門而出。

就在此時，陽昭的行動服探測到有人從門後急步前來，他雙手連忙燒起了火焰氣勁，嚴陣以待。但是，搜神機突然通知陽昭停止攻擊，因為開門的人不是誰，正是著急萬分的孫行土。

孫行土劈頭便說：「陽昭，你沒有這個權限！」

陽昭一時間摸不著頭腦：「甚麼？」

「這些紀錄是你父親親自封鎖的，」孫行土不欲隱瞞，坦白地說：「他在一九九九年大戰出發前進行了封鎖，那時候他說……」

那一天，孫行土絕不會忘記。三十二歲的陽天經過了人生多場歷練之後，歲月在他的臉上留痕，雙拳握得更堅定，說：「……這是我不可駕馭的層次。」

陽昭大惑不解，反問：「父親也不能夠駕馭的層次？那為甚麼他還要留下來？」

「你的問題我思索了二十年也想不透……」孫行土說了一半，察覺到陽昭的臉上驀地閃過不悅的神色，便說出真心話：「但你父親值得大家景仰的，並不是他的力量，而是他堅決不移的正義。」

陽昭聞言，若有所想，走出大門。

孫行土看著這位後輩的背影，想起他父親在處理奧羅拉部隊那時候的執念，還有一份摸不清的深邃。

然而，令孫行土擔心的，並不止陽昭一個……

日與月同時掛在白晝的天空上，向明月離開了那座充滿茶香的大宅。

回想在大宅內，她一直聽那老朋友訴說著由一九八七年一月十四日至陽昭出世那一天的故事，丈夫陽天與她如何經歷生死。

老朋友的記憶似乎顛三倒四，前後說出了超過三十個截然不同的版本，向明月沒有問明他哪些是真、哪些是假，只是默默接受他藏於說話間的悲哀、憤恨和怨毒。

茶，不斷地喝；煙，不斷地呼。

直到老朋友滿懷惡意，說出了最後一句「殺人兇手」，向明月才帶著無數難以拼合的記憶碎片離座，然後不理他如何抗拒，也要輕輕抱他一下。

「沒有你，陽昭不可能來到這世上，謝謝你。」除了孫行土，這位老朋友也是負責接生的一位。

四月的上弦月，出現於十九日入夜。

香港的繁華再度亮起，尤其傲立在東九龍啟德發展區的國際貿易財富中心，成為整個大都會的耀目地標。

這幢亞洲最高的摩天大樓，共一百五十層，總高六百公尺，去年聖誕節才正式啟用。其低層是大型購物商場，中層是甲級商業辦公室，高層是國際五星級酒店。

陽昭和春風穿上今年初夏流行的情侶裝，從商場的戲院走出來。好歹在行動前輕鬆一下，這是春風提議的。

簡簡單單的愛情電影，正好消去二人內心的一點點緊張。

日前，經過春風和電腦的多番努力，終於從四十五人的行動紀錄中，找到他們共通的出沒地點，才鎖定了這座亞洲第一高的摩天大樓。

這種高級設施齊備的地標式建築物，正適合城中名人出入。

在兩日前的作戰會議上，春風對三人說明這次行動的地點。「我利用了多種掃瞄技術，分析了一百五十層的空間分佈，發現發展商在政府登記的建築圖則都是假的。」

之後，她啟動了立體投影技術，呈現出國際貿易財富中心真實的內部結構，又說：「在五十樓至一百樓之間，有很多單位都是空置的，而且都是上下或左右相連。即是說，有人在這大樓內創造了一個立體迷宮。至於迷宮的核心，就是在七十五至七十八樓的密封空間。」

當聽到「立體迷宮」這四個字，向明月和孫行土不約而同地改變了坐姿，因為陽天曾擁有過這種奇特設計的城堡。

晚上八時五十分，在最頂層的觀景台餐廳，向明月看著餐牌，對孫行土說：「我準備點最豐富的，你們要盡快上來。」無論如何，她堅持在外面作支援。

孫行土聞言離開餐桌，準備他的近距離支援工作。

孫行土離開之後，向明月看見窗外掛著半月，正是上旬的弦月，從而想起了兒子小時候，曾以為向上彎的勾月就是上弦月，還以為半月只有滿月一半的亮度。現在，兒子應該對月亮的變化更有認識，始終他長大了。

商場內，春風拉著陽昭的衣袖，說：「等一下，我們先在這裡自拍一張啦。」

「喔，好啊！」陽昭拿出了搜神機，擺好前置鏡頭的角度，春風叮囑他：「你和我，都要笑啊。」至今為止，整個行動順利得有點可怕，反而令她一直提防。

二人以七色繽紛的商場佈置作背景，卡嚓拍下了這安寧的一刻。在黑衣人的聖殿中，反而不用害怕他們會出現。

乾卦六爻、鷹翼太陽輪和立體迷宮，陽昭越來越接近核心……

陽昭壓低聲音，堅定不移地宣佈：「搜神局，立即行動！」

倏地，搜神機發出咇一聲的微響，同時熒幕亮起了搜神局的標記，一顆黑隕石飛襲的圖像，這正是開始行動的通知。

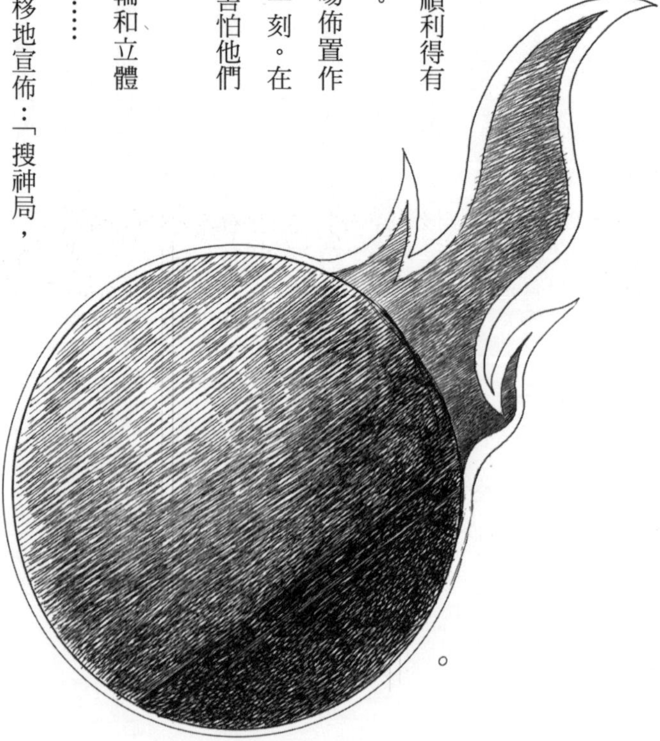

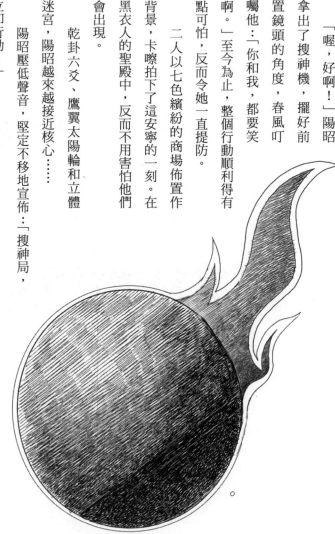

第七回

羿與姮娥

笑面虎的城堡連貫了四幢大廈的三十多個單位，笑面虎借助它們樓貼樓、窗連窗的特性，索性接通大廈與大廈的間隔，形成樓與樓之間四通八達的通道，蜿蜒伸展，時左時右，甚至打通上下三層。只要城堡附近有單位空置，笑面虎也會買下，繼續擴建他自豪的立體迷宮式城堡。

可是，自笑面虎離開之後，新主人沒有繼續他的瘋狂行為。

日子越來越接近圓月，笑面虎的城堡冷冷清清，沒有之前一呼萬擁的熱鬧場面。笑面虎的王座上，只有阿水在打呼睡覺。

電話鈴聲忽然響起，打擾了他。

他拿起聽筒，默默聽了良久，然後激動地拋下聽筒，在城堡內狂奔，不斷大叫：

「虎哥回來了！」

「虎哥回來了！」

「虎哥回來了！」

叫聲連續經過三十多個單位，包括武器庫、存錢大倉和娛樂房等等。最後，阿水來到一道黑色的雙掩大門前，氣喘不斷，累極跌坐地上，還是呆呆地說：「虎哥回⋯來⋯了⋯虎哥⋯⋯！」

突然，他抬頭盯著牆上電線管露出的電線⋯⋯

同時，城寨外麗宮戲院，陽天坐在T-26座位，隔鄰的T-25永遠留給那位貴賓。熒幕上還是那套電影經典《亂世佳人》，陽天任由三小時多的影像在眼前流過，只希望那貴賓會回到鄰座上，說說對陽天即將面對的大戰有何建議，甚至可以並肩作戰。

可惜，直至最後，笑面虎還是沒有出現，陽天失望了。

此刻，陽天最需要的是這位值得信任、能反擊強敵的同伴，而不是他留下的一切。

然而，想到窮盡處，他才想通了——笑面虎留下的一切，正是最好的反擊！

陽天霍然站起來，豁然開朗，原來笑面虎從來沒有離開過。

回到笑面虎的城堡，心情釋放的陽天卻不見了阿水。於是他一直深入前行，竟然發現阿水倒在黑色大門之前，頸項被一束長長的電線勒著，生死未卜。

「阿水！」陽天急忙上前，幸好阿水用雙手拉住纏頸的電線，未致被勒死，尚有輕微的鼻息。

陽天稍鬆口氣，小心翼翼地逐條拉走阿水頸上的電線。

線是斷線，斷口不是被剪開，而是被硬生生扯斷的。

陽天仰望四周，發現牆上的電線管內露出了多條斷線。

未幾，阿水慢慢甦醒過來，恐慌地拉著陽天的手臂，不停喊：「虎哥回來了！」

只有陽天聽得懂他的意思。

陽天看著黑色大門，心知笑面虎一直忌憚的「隱形強敵」，在這危急關頭來了！

到了六月，城寨合共有二十間同鄉會。

距離這個月的月圓夜，時日無多。

陽天在這段日子裡不斷到不同的同鄉會開會，從白天到深夜，無暇回到點石齋的床上，或是經常爽了向明月的約。

為了在月圓夜前，與所有同鄉會達成共識，他只得繼續向前。

不論日與夜，陽天都會於路上遇到不同的人。但陽天懶理他們是人類、異形或奧羅拉，只顧讓腦子放空，或是潛心研究太極氣勁。

明天就是月圓夜，就差一間位於合益樓六字樓的山西同鄉會。

只要達成共識，所有同鄉會便可行動一致。

而且，陽天答應過向明月，今晚會與早更的老孫一起回到點石齋，三人一起品嚐她準備的三餸一湯。

全個九龍城寨只有兩幢大廈設置了升降機，分別是合益樓和合興樓。

這天的下午份外炎熱，陽天滿額汗水地走進了合益樓的升降機。

機箱內，瀰漫著醉人的氣味。眼前是一位艷麗的女人，穿著純黑色繡金邊的旗袍，一支長桿煙斗在她手中。

那女人退到升降機一角，讓陽天能站進一點。

陽天問她：「要到哪一層？」重華淡然地答，最高的一層。

陽天先替自己按下六樓，再替她按下十二樓。

升降機緩緩地升上六樓，在陽天走出升降機前，突然問重華：「我們以前是不是在遊樂場見過？」短短的幾十秒，陽天想知道她是不是那位魔術師的女助手。

可是，重華揚手請他離開，當作回應。

之後，升降機門再次關上，小小的空間內只留下重華一個。

燈光不亮，最易讓人勾起回憶。

她曾與那個經常擦身而過的男人困在這空間，超過三小時。現在，那男人不在，她只有回到這裡，才可再次體會當年。

相濡以沫，不若相忘於江湖。

到達了十二樓，重華本該按下地下。一上一下的升降旅程，足夠她回味。

或是回到六樓與陽天相認……現在是時候嗎？

六樓A座和B座的相連單位外，掛起的招牌寫著「山西同鄉會」，實際是指室女星系的外星族群同鄉會。

陽天坐在八仙圓桌旁與一位光頭老者對談，花了三分鐘解說自己苦思多時的策略。

老者似乎沒有一個字能聽進耳內，還不滿地說：「我討厭自己這個外形，比不上你年輕力壯，能吸引異性。」說時，他身後的肥胖主婦一直抿嘴在笑。

老者發現室內近三十位同鄉也在忍笑，便不再假裝成人類，變換體內的基因排列，隨即現出類似藤蔓的原形。

其他來自同一星系的異形也現出真身，他們的外形大抵上與地球生物類近，有身體發光的，有柔軟體質的，但亦有難以形容的。

他們對陽天的建議充滿懷疑，就連同一星系的異形們也無法互相信任，何況要與后髮座、獅子座等無關係的異形聯手？

於是，他們用武力宣洩不滿，全招呼到陽天的身上。

陽天拭過嘴角的血，說：「聽不明白嗎？來，我再說一次！」

現在仍未是與陽天相認的時候。重華認為。

何況，她感到天台上又有異動。近月來已不止一次，讓她感到非常討厭。

天台上，那位穿著皮製涼鞋的便衣警探，氣喘喘地跑在大廈之間的駁道上，但他這次不是追犯人，而是被圍殺的目標。

他剛踏上合益樓的天台邊緣，便發現四周天台約有三十張慘白的臉孔。

過去兩天，孫行土都做著自己認為是對的事情，潛藏在城寨的空置單位內，竊聽空氣中一段段以不同振盪頻率傳播的腦電波訊息。

結果，他陸續收集了十六段腦電波訊息，利用搜神局的解讀方法，發現了很多情報……

——解剖不明來歷的外星人，黑隕石元素反應指數低。

——第二階段。清空城寨。

——圓月下的方舟。

——最後行動。

——五十多個人名及三維座標。

孫行土苦等了三天，終於得到了重要的線索。也因為苦等了三天，他想要知道更多。

可惜，那些腦電波訊息卻沉默了很久，直至手錶的時針繞了三圈，才截獲了新的訊息——找到小偷了！

孫行土見事情敗露，立即離開空置單位，剛走到樓梯間，便聽見有密集的腳步聲從下而上，只得反方向撤退到天台。

城寨天台，是當年廿五歲的孫行土加入搜神局香港分部之後，第一次接受特訓的地點。

一九七二年，三位搜神局前輩，二男一女。

姓藍的高級特工是城寨的飛天郵差，專門走空中駁道遊遍全城，藉派信來調查城內外星異形的活動。

「小孫，我這副病壞的機器捱不了多久，我會安排你到九龍城警署的反黑組，以後這裡要靠你這種年輕人。記得別讓香港分部老死，要努力招募有用的新人進來啊。教曉他們走這天台駁道，生路，死路，一切要靠自己的腳走出來。怎麼了，你老是穿這種老氣的涼鞋，不聽老人言，總有一天，你會走錯步跌下去。」

半年後，飛天郵差不再飛天；穿涼鞋的孫行土卻走到了今天。

可是，今天可能是最後一天。

上次，二十個奧羅拉便輕易瞪死了擁有特殊能力的成員，孫行土一條爛命、一支鎗和一隻機械臂，能殺出重圍嗎？

沒有彼得、保羅和馬利在場，紅衣費迪也懂得製造幻象，長臂阿蒙也會干擾目標人物的大腦。於是，孫行土的身體又僵直起來，眼前由城寨天台，變成四周漆黑一片的點石齋門前。

他回家了。

心情尚未平復之際，卻發現在店外廿呎之處，也有三人不約而同地回家。

他們很久沒回家了——走進外面黑暗之路的時間，比留在家的時間長得多。

孫行土猶記得這三位年輕警察，廿三歲的陳權身材黑實，廿一歲的林志孝有一雙機靈的眼睛，還有那不足廿歲的胡秋明是最勇悍的一個。

可惜，回家的三人已不復人形。陳權受黑隕石元素異化，變成八呎高的厚甲怪人；林志孝沒有頭顱，只有暗綠色的液態化軀體；胡秋明則只餘下左半身，嵌上無數金屬齒輪，在地上滾動過來。

孫行土大驚，驅動右肩的阿修羅之臂，先一拳轟碎厚甲怪人，隨即擊破液化軀體，最後以連環拳打破那半身齒輪人。可是，五秒未過，三人已相繼回復過來。

到底，這是黑隕石效應？外星技術？無論如何，他們的模樣是孫行土一手促成的。

面對他們，孫行土苦無對策，卻試圖選擇不去面對。他運阿修羅之臂，大力抓緊自己的心坎，用痛楚來刺激自己醒覺，這只不過是幻象。

可是，痛楚越大，幻象越強。

不遠處有電單車的引擎聲響起，飛馳過來的人赫然是陽天。沒有絲毫血色的陽天。

孫行土暗罵：「……資料是要交給陽天，但不是你啊！」

他相信陽天現在所做的事都是對的，所以他必須在死前把資料交給陽天。

結果，變異的陽天和三人步步逼近點石齋門前的孫行土。

當孫行土準備拚命殺出重圍之際，一切情景又回到合益樓天台的邊緣，差半步便直墮樓外。原來的三十個奧羅拉幾乎都不見了，只有最後餘下一個藍眼睛的，在他眼前氣化粉碎。

孫行土心知要辦到這樣的攻擊，必須使用比地球大氣壓力強百倍的壓縮。到底是誰有這樣的能耐，孫行土不敢想下去，當務之急是立即逃走。

孫行土會來合益樓，只因陽天就在這裡的六樓。可惜，資料早不在手。

此時，資料在她的手上。

她很快看過那些人名及三維座標，當中有很多曾是向明月訪問過的人。

而奧羅拉的「圓月下的方舟」，有助她得到「笑面虎的寶藏」。

晚上七時，點石齋。向明月打開小圓桌，擺好三餸一湯，還加上三打罐裝啤酒。她希望今晚三人酒醉飯飽之後，能回復往常一樣。

到了深夜十二時，三餸一湯和罐裝啤酒，還是留在桌上紋風不動。

等得累極的向明月，呆坐在小閣樓的床邊，看著掛在牆上的青銅弓，想到完成大學畢業的研究論文後，便專注研究三星堆文物，以及華夏外星文化。

眼前的這把青銅弓，是從三星堆出土的「鷹翼太陽輪弓」。

相傳是仙女座星系的縱目星人指導古蜀國人，在鑄造青銅器時混入黑隕石元素，令該國的青銅器勝過其他民族。

去年，陽天意外獲得這把古弓，才覺醒自己是羿的後代，以及「羿射九日」的神奇箭術。可惜，當時為了對付六翼異變人和笑面虎，陽天已用盡了僅存的六支青銅箭。

現在，只有弓，沒有箭。

這幾個月來，陽天與孫行土曾一起在地下的特訓場，測試過多種利用不同金屬所造的箭，無論哪一種都不能承受青銅弓的威力，不是未發先斷，便是在命中前化成飛灰。

因為種種失敗，神弓才變成了裝飾物？

向明月拿下青銅弓，抱著它，感受到陽天的煩惱。

窗外的月光照進床上，向明月的眼睛自然地尋找月亮。

重華所教的「拜月」，就是為了與月球同步，借用月球不可思議的力量。

學會與星體同步，便可借用這來自宇宙的力量，進行轉換、蛻變和達成願望。

向明月伸手向月，閉目呼吸，讓身體的水份像海洋一樣，受月亮影響而潮漲潮落，然後進入下一個境界……

「摒除心中雜念，將心中念頭聚集，慢慢想像出一個銀色的光球，那就是妳的月亮。然後，專心想像自己化成光粒子，以光速衝向月亮。在月亮之前，妳可以隨手控制它的順逆轉向，也可以控制它的轉速快慢，甚至停止。」

此時，向明月身處繁星滿天的宇宙空間，月亮仍在四十萬里之外，卻如捧在手上的銀球。

她心念動，月亮隨心轉動；她心念止，月亮也會停止。成功操控月亮之後，她進入最後的境界——改變月相。

月有四相，晦朔弦望。

驀地，向明月背後響起危險的訊號。

她剛回頭，只瞥見有人提起鷹翼太陽輪弓，架箭拉弦，霹靂一聲，飛箭破空，一瞬就插進了向明月身體，挾勁急衝，勢無止境，一直繞至從地球無法看見的月球背面。

在同樣蒼涼的月球背面，有很多岩石、山脈、溝壑，這時向明月赫然發現，其中間竟然有一個大規模的神秘建築群遺蹟。

自古以來，人類意圖借用月亮的力量，而拜月就是校正力量的儀式。在宇宙眾多星體中，月亮對地球的影響最為直接。最顯然易見的潮漲潮退，就是由月亮與地球之間的引力所致。人體有七成是水份，月亮對人類的生理及情緒亦有相當的衝擊。滿月時人類細胞會帶有更多負離子，進一步鼓動潛意識運作。

箭傷使她漸漸虛弱，但她還是伸手想接近那神秘遺蹟。越來越近，越來越近，快要觸手可及……

突然，有人拉住向明月的手，從月球背面拉回地球上的小閣樓。

向明月定神一看，沒有岩石、山脈和溝壑，也沒有神秘建築群遺蹟，只有她朝思暮想的人……一臉愧色的陽天。

剛才，陽天放輕腳步走上小閣樓，只見向明月伏臥床上，還抱著那把青銅古弓，氣若游絲，於是急忙上前扶起她，卻離奇地被扯入她的迷夢間。

向明月從迷夢中醒來，一時間分辨不到眼前的陽天是否真實，只得用力抱緊眼前人，才得到答案。是實在的，是溫暖的，絕對不再是夢。

陽天溫柔地抱向明月入懷，坦誠地說：「我看見了羿發箭射向奔月的姮娥，也看見了月背的神秘建築群遺蹟。」

去年，陽天初得鷹翼太陽輪弓時，腦海泛現了羿射九日的景象，不可思議的是，他與羿擁有相同的面孔。

月球背面發現了大規模神秘建築群的存在，其形狀風格與地球遠古文明的神殿極其相似，因而研究者將這些神秘建築稱為月神殿。月神殿的石柱上，還有大量神秘文字和圖案。這是否意味著月球和地球之間存在更深層的聯繫？又或許遠古時期，月球和地球都接觸過同一種文明？

對此，陽天確定它是藏在自己基因內的遠古記憶。

他可能是羿的後代，也可能是眾多時代的其中一個羿，甚至是羿的複製體。

經歷了剛才那場迷夢，二人心裡有著千言萬語。

陽天不敢說出「換上我，我會讓妳走，要是妳真的要離開……」

向明月也無法坦白，若二人的命運是注定的，她最後會離開他。

這一刻，二人惟有深深抱緊不捨。

向明月心力交瘁，很快又睡了，陽天替她掀被：「對不起，我來晚了……但我遵守了承諾。」

明天是「圓月下的方舟」來臨之日。

這夜的月光，快要接近完美。

城寨中的六十八位奧羅拉，皆留在自己的房間，昂首挺胸站在床邊，然後同時轉步，面向美國內華達州51區的方向。

他們每人都打開右手掌心，看著一顆白色藥丸。

這是他們的「精神食糧」——一種維持腦電波及精神能力於最高水平的藥劑，但副作用是臉部會呈現淒慘的白色。每天一顆，由「代理人」提供。

眾人唸過了曙光女神的讚美詞，便將藥丸放入口中，吞進喉嚨。

之後，他們都躺到床上，五秒後便進入深層睡眠。

惟獨金髮彼得沒有按正常程序，眼睛還留在手中的「精神食糧」上面。

他思考著，那些茶葉絲與代理人所用的茶葉是同一類……「清空城寨」之後，坐上方舟，就是生存之道？

他驀地產生一個不合思考路線的想法，兩秒後帶進夢境繼續分析。

祭典

第8回

MMXXI

孫行土在九十九樓用一支雷射筆干擾了保安系統，順利打開了六十樓的三重大門，讓已換上行動服的陽昭和春風得以進入門後迂迴曲折的通道。

二人身上的行動服發出干擾訊號，完全瞞過了沿途監視系統的偵測。

根據搜神機記下的迷宮地圖和行動服發出的光點指示，陽昭他們連續走上三層樓，與孫行土會合。

會合時間準確無誤，可是孫行土卻被五個戴上超凡裝備的黑衣人糾纏著，鬥得上氣不接下氣。陽昭稱他們做「乾信眾」。

在作戰計劃中，前期的戰鬥主要由春風和孫行土負責，陽昭要保存戰力，應付祭典上未知的敵方首腦，假設是「乾」的宗教領袖。

「我先來考考自己！」春風拔出短刀和鐵鏈衝上去，先揮鐵鏈逼開乾信眾們，替孫行土解圍，然後連續揮短刀進攻。

為配合春風，孫行土打出了阿修羅之臂，與其中一位黑衣人對拳，竟然不分高下，原來乾信眾已偵測了孫行土的行動，包括拳力、拳速、發拳的時機和動作。

其他四人的面罩顯示器，皆分析出春風的攻擊力量最弱，便同時出手圍攻她。

無論春風踏出一步或任何舉動，「乾」的系統都會立即演算往後的動作，最後一定會把她壓制。

可是，春風並沒有與他們任何一個人硬拚，在被攔截前就改變刀路。她要考驗自己，如何憑心領會敵人的走向。

春風的武藝來自師父林英，只有短刀曾經受過虎將的指點。

她自小受到與大自然結合為一的薰陶，永遠相信人心勝於一切。表面說是考驗自己，實際是給予陽昭信心。

砰！有人一拳轟中了孫行土腹部，把他壓向牆壁上。

啪！有兩人各用拳腳打中春風，幸好她利用鐵鏈纏住雙臂擋下，再退步卸走攻擊力。

可惜，二人攻勢未止，春風只得連番擋格，即使多痛，也不吭一聲。

其餘二人同時提高至一噸拳力，務求快速打倒陽昭，因為祭典即將要開始了！

搜神機發出表示危險的長鳴，但陽昭也要來考驗自己。

他一直研究五行氣箭，在相生和相剋之外，還有幾多可能性。之前，以較長的飛行時間來吸收五行元素，那是成功的嘗試。

今晚，他要嘗試另一項，就地取材，由金而火……

揮拳的兩位乾信眾，看見陽昭左手揚紅火，右手聚白金，兩手一合，發出包含兩大元素的震動波幅，不止把一噸拳力的攻擊抵消，就連他們身上的裝備也全受到干擾，各樣金屬零件產生高熱，繼而爆出火焰。

另外的三位信眾也受到波及，全身燃燒起來。

陽昭見嘗試成功，便與春風扶起了孫行土，催促說：「祭典快要開始了，走！」

可是沒走幾步，春風身軀一晃，幾乎仆倒，趕緊伸手扶著牆壁，連忙說沒事沒事，繼續前行。

在三人離開的背後，那五個著火的信眾仍窮追不捨，身上的裝備冒著火舌，發出刺耳的噪音，開始釋放出絲絲的黑色氣體。

那氣體正是「乾」的裝備本來用作能源的黑隕石元素。

當黑隕石元素入侵地球生物的基因，便會產生異變。五人不斷嚎叫，陸續從身上破出尖牙、利爪和羽翼，或是獸尾、硬甲及鱗片。

面對突如其來的威脅，陽昭低聲說：「老孫，你盡快與春風離開。」

但孫行土哪會丟下故人之子，春風則強忍傷痛，說：「祭典可能與伯父生死之謎有關，陽昭，我要陪著你。」

陽昭透過搜神機，說：「媽，快來接應我們。」

向明月聽著電話，收到了陽昭的呼救，可是只聽到「接應」二字，其餘全是凌亂的噪音，恐懼油然從心底而生。

同時，陽昭這邊的搜神機竟然也傳出相同的刺耳噪音，所有功能都失靈了。

孫行土見狀，大叫：「搜神機被『乾』入侵了，絕不可能的！」

春風靠在陽昭的身邊，警告：「小心那些怪人！」

搜神機在這危急關頭出現了異常故障，令陽昭思緒凌亂，完全聽不到春風、孫行土和怪人的聲音。

忽然，陽昭等人頭上落下一幅金屬牆，發出震耳欲聾的巨響，完全封住了他和春風，孫行土被留在金屬牆的另一邊，獨力面對五個怪人。

陽昭大聲呼喚，但得不到牆對面的回應，只好運起五行箭氣，準備破牆。

這時，金屬牆噴射出大量氣體，雖然陽昭和春風立即閉氣，但仍受不了濃烈氣體的淹沒，相繼暈倒地上。

之後，二人所在的空間發出了軋軋的移動聲響，依照樓層設有的路軌，前往乾的聖殿！

通訊中斷，向明月按照作戰計劃，一層轉一層跑下走火樓梯，趕往接應三人的八十七樓，心急如焚。

搜神機的作業系統是用一種天外語言編寫而成的，既然「乾」成功入侵，可見絕非普通人類。

此時，她想起了一段又一段無比複雜的神秘文字，竟然是刻在一塊黯淡石頭上……那麼「乾」有可能是……

向明月擔心至極點，記憶碎片傾盤而出——

一九七八年，她替他扣好了恤衫的紐扣。

一九八八年，她和他來到了月球背後的古老遺蹟。

一九九九年，他對她說出最後一句話：「把一切都忘記吧！」然後推她離開……

意識回到現實世界，向明月躺在地上，鼻和嘴不斷滲血。

原來在剛才的剎那間，她從樓梯滾了下來。她不感到痛楚，混亂的思緒麻醉了她，全身也不能動。

可是，她仍不斷掙扎：「……我一定要記起來，也許能幫忙昭解困……」

就在此時，一道銀白的光照在向明月的臉上，正是梯間窗戶外的上弦月。

向明月慢慢重組了一段非常重要的記憶……某一年，她學會了舉手向月，與這最接近地球的星體同步。

在這幢過百層的大樓內，有幾百人在商場戲院欣賞電影，也有近千人在五星級酒店的宴會廳參加婚宴。

沒有太多人知道在同一時間，有一場盛大的祭典，正在大樓的聖殿舉行。

聖殿是打通了三層樓的過百個單位拼合出來，平日由「乾」的系統移動至不同位置，裝成一般的空置單位。除聖殿外，也可按照系統指示，拼成不同大小和用途的空間。

此時，九時十分三十七秒，一陣震天撼地的喝采聲，吵醒了陽昭和春風。

陽昭張開眼睛，意識迷濛之間，看到一幅鷹翼太陽輪的巨大圖案，投映在高高且陰暗的天花板。

排列在這空間兩旁的黑衣信眾，在他們亢奮極樂的笑聲下，陽昭用眼角餘光尋找春風在哪，察覺到她就在旁邊……

這時候他才發現自己正被人高舉起來，一直傳送到聖殿的前方。

在燈光昏暗的密閉空間中，冰冷的金屬壁包裹著澎湃的熱情，乍看還以為是舉行演唱會的場地。

就在此時，前方傳來一把沙啞聲音，引吭高叫：「災星回歸，突破人類極限，進入神明境界。」

陽昭極力握拳，抬起頭部，看見明亮的前方有一個三公尺高的大祭壇。祭壇上有一個穿上黑袍兜帽的男人，直指二人說：「祭品，前來吧。」

陽昭心忖，豈能被當成祭品，可是礙於迷暈氣體的效力未散，他完全用不上力氣，無法運起五行氣箭，更遑論用變形青銅棒解困，只能用腦電波接通，請它伺機而動……

之後，他暗暗按了行動服手臂上的觸控鍵，為自己和春風注射一種混合覺醒劑，十秒後藥效發揮，二人出其不意，連忙掙脫。

春風腳一著地，就守在陽昭背後。陽昭知青銅棒已完成解體並隱藏起來，便雙手拉起了火焰弓箭，瞄向祭壇上的祭師。

祭師伸出一隻手指，對著台下的陽昭，於虛空中畫了一個跌宕起伏的符號。從手指的軌跡，陽昭只認到那符號似字非字，正要辨識其意思之時，卻有如海量的訊息直接衝擊他的大腦，像要把大腦四分五裂一般。他不欲手上的火焰力量消散，便轉身射出一箭，替春風開路，大喊：「走！」

可是，過百位黑衣信眾排成護牆，擋住了火焰箭，被直擊的幾個人受了重傷，但依然歡呼喝采，證明自己已超越凡人。

春風逃走不成，被信眾的人海吞沒。

陽昭本欲追上去，突然痛楚貫徹全身，並噗聲噴出大口血來，整個人失去重心前傾，卻有人及時抄住了他，赫然是瞬間走下了祭壇的祭師。

在這近距離下，陽昭驚見他臉上皮膚黯黑，詭異地帶著半透明，還有一頭金色亂髮。

祭師沒有動口，陽昭卻能聽清楚他的說話。「終於等到你來了。」說後，他再次在虛空畫出剛才的符號，陽昭這次無處可避，漸漸失去知覺。

最後的意識，是他終於明白，自己才是真正的祭品。

由乾信眾的圍攻開始，「乾」逐步撒下誘餌，引誘陽昭前來。一切關於陽天的線索，都是陽昭等人最為渴求的。

若不是在機械巨掌侵襲香港時，陽昭發動五行氣箭反擊，「乾」不可能發現陽昭的存在。一切佈局，只為了陽昭。

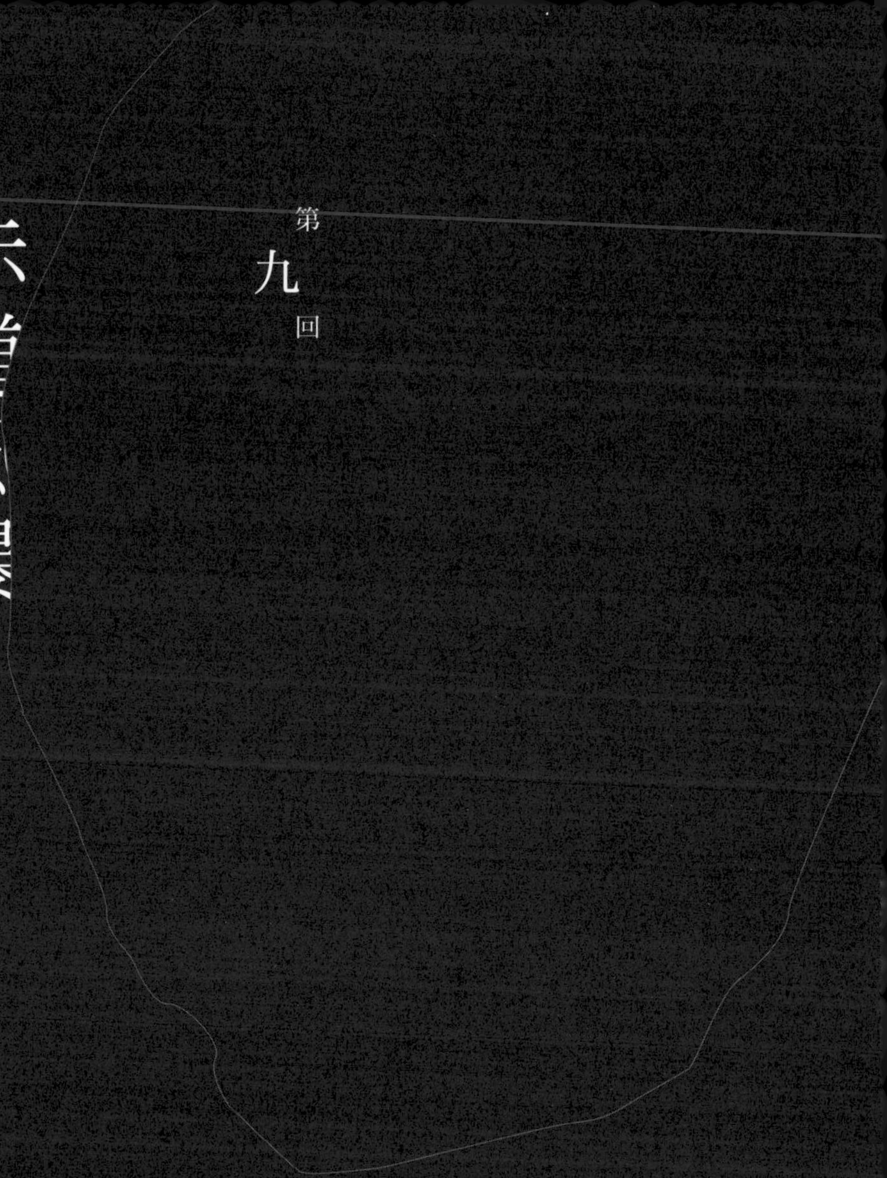

第九回

赤道風暴

中午，陽光照進點石齋的小閣樓。

向明月在床上醒了，不見陽天，便緩步走到樓下的店面。陽天坐在酸枝長椅上，思考著今天的每一步。

向明月好奇地問：「老孫呢？」

陽天如常地答：「早上我下來時，他就不在了，可能是午更。」

向明月心知今天便是「方舟來臨」的日子，老孫絕不會回警署當值，陽天也不會如常對待。

「我也來幫忙，好嗎？」向明月張手伸向陽天，說：「我，不再是以前的我了。」

她自學習「與月同體」以來，身心一直受到月球潛移默化，加上昨晚經歷了羿與姮娥和月背遺蹟的幻境，她自信可以掌握最高境界的力量。

陽天望著她，微笑點頭，輕輕握住她的手。

從指掌間傳來的一份自信心，叫陽天不願放開。近兩個月來，二人最能放下憂慮和愁困的，該是這一刻。

陽天忍不住站起來，深深擁抱愛人。

可是，向明月卻看到陽天身旁，赫然是打開蓋子的法老王棺木。

在向明月剛搞清楚陽天的心意時，人已被他推進棺木內。任她如何掙扎，棺木的蓋子還是無情地閉上。砰！

陽天把時間調校至「24:00:00」，然後在棺木蓋上輕叩兩下，輕聲說：「阿月，過了今天，一切便會回復當初。」

說後，陽天提起了青銅弓，頭也不回離開點石齋。

下午三時半，在香港水域一百浬外飄來一陣厚重的黑雲，雷電交加，直逼香港。受不明天氣因素影響，啟德機場在下午四時三十分宣佈，將會在晚上七至八時暫停運作，跑道停止升降，預計會有三十三個航班受阻，各航空公司會盡快安排協助。

很多旅客聽到這消息，只得滯留機場，或是到附近九龍城區吃過地道的港式晚餐才作打算。沒有旅客會知道，這次突然的安排其實是香港政府按英國首相的密令執行，而提出要求的是美國的51區。

能知道真相的不超過十人，彭博是其中一個。

還有十五分鐘便踏入晚上七時正，在機場的跑道上，一輛紅色跑車傲慢地飛馳，完全無視正在升降的飛機。

最驚險的一刻，正在降落的 747 客機前輪，就在紅色跑車上方廿呎經過。

紅色跑車一記急剎，車身橫擺在跑道邊。

彭博下車時，才發現左方的前輪剛好輾斃了一條六呎水蛇。他輕嘆：「算你倒楣，今晚這裡不是安全的地方。」

彭博遠眺那團從東南方向慢慢「飄來」的黑雲，不屑地說：「裝神弄鬼花的成本也是很高的，快給我出來！」說後舉高左手，「噠」聲一下彈指。

機場指揮塔收到這神秘代理人的指示，整條跑道陸續關燈，跑道的能見度頓時大減。

同時，黑雲四周的雷電消失，轟隆聲卻未減，一座像三架波音 747 客機疊起的黑色巨大移動要塞，破雲而出。

這架51區自行研發的專用飛行載具「方舟」，由定案至完成，共花十年。

一九八一年首航時，行動目標是某軍事極權國家，十九歲的彭博是機內的一個行動成員。

第二次航行，在無須途中補給的情況下由北極點飛至南極點。

而今天的第三次航行，彭博接受51區的業務委託，成為了方舟的指揮官。

方舟降落時，激起了龐大的氣流，彭博乘著氣流，輕鬆跳上機頂。

方舟的機組人員共二十位，是一支上校階級的編組。

彭博特別要求負責控制台的，是三位年齡不超過廿五歲、聲音悅耳的女軍官吉兒、莎賓娜和嘉美，只有她們才有權限跟彭博對話。

彭博把耳機塞進了右耳，便聽到她們一起說：「嘿，查理。」這是他小時候喜歡看的美國電視劇的著名台詞。因此，他今天的代號便是查理。

金色長髮的吉兒負責通訊：「查理，接通了所有奧羅拉，合共六十八人。」

在六十八人各自的房間內，奧羅拉們全換上了黑色西裝，戴上了腦波轉訊系統，不用言語，將訊息直接化成腦電波，透過51區專用的無線內聯網進行收發。

他們每人都聽到彭博朗朗地說：「請記得，曙光女神選中了你們成為繼承者，不在於你有多好的出身、多高的學位文憑、多少名氣和財富，而是你放棄了原有的舒適圈，去追尋個人能力的成長。」

當中超過一半的奧羅拉湧起了回憶，有曾經迷惘走不出困境的，也有被人視為惡魔邪靈的，亦有孤獨人生找不到同類的。

腦內的回憶，都化成淚水湧出眼眶。

「在這個人類集體進化成神的十字路口，你所體驗到的各種徵兆，將會成為百年後的大美國神話。祝各位好好完成任務。」

所有奧羅拉的腦波回應化成文字，傳送至彭博的那一端，都是同一句：「The Great Aurora.」

流淚的奧羅拉帶淚出動；無淚的奧羅拉則無情出動。

地球上，各個文明都流傳著大洪水與方舟的神話，每個神話儘管稍有不同，其背後的意義卻幾乎一樣。

大洪水是劫難，方舟則是對物種進行重新甄選。

今次的方舟行動就是按照城寨內的外星人資料，把所有外星種族都帶一對回到方舟，其餘則全數殲滅。

二十組奧羅拉同時從自己的單位出發，準備打開所有同鄉會的門，不惜與陽天籌劃月多的外星人勢力，浴血九龍城寨！

傍晚六時五十分，黃昏的餘暉照過了牙醫招牌和魚骨天線，卻照不進笑面虎的城堡。

城堡內，電話聲不斷響起，像催促她前來接聽。

她平日會穿旗袍，今天卻改穿了一套砂黃色軍裝，很適合她踏上今天的戰鬥舞台。

她拿起電話聽筒，聽到了不同的聲波。

對普通人來講，這是雜亂的噪音；對她而言，那是她故鄉百多種語言的其中一種。那是對敵人的能力分析，以及「笑面虎的寶藏」的地點。

掛上電話，她把體內的力量與星體同步，掌握了母星的位置，便躍步前行。

可是，在不遠的通道上，一位男人正背青銅弓等待著。城堡昏暗，只靠驟明驟暗的鎢絲燈泡作照明，但她仍可見到一個不應在此時此地出現的男人——陽天。

「太歲」輕笑，說：「這時候，你應該是在對付那些白臉美國人。」

陽天也笑：「『太歲』才是厲害的人物，我定要好好招呼。」說時心忖，笑面虎一直防範的「隱形強敵」，就是她了吧？

「太歲」重華繼續輕笑，說：「你身上沒有箭，有古蜀國的神弓又有何用？」

「據知，妳懂易卦，一定知道太極圈內有兩條活躍的陰陽魚。」陽天伸出左手凝聚陽極之氣，生出一點陰，同時右手凝聚陰極之氣，生出一點陽。

太極圈無始無端，其圈中含兩條黑白合抱的陰陽魚，陰陽魚又各畫一隻顏色相對的魚眼。二魚合抱，代表不可分割；互相追逐，則代表不斷循環，周而復始。

重華回應：「太極生陰陽，陰陽交融，生生不息，才得配上你的弓。」

自從陽天的體質因黑隕石元素而異變後，對太極有了不一樣的領悟和實踐，先要學會聚氣，當能夠掌握陰陽，即正反能量達到平衡，才可聚氣成箭。這樣一正一反運行，生生不息的「太極氣箭」，才可與鷹翼太陽輪弓互相配合。

重華掀動美艷的嘴角：「而我的力量，是來自我出生的星體，輪到你來猜一下！」

二人隨即展開追逐戰，重華對城堡的結構瞭如指掌，陽天完全佔不了上風。

陽天在這城堡裡生活多月，偶爾會揣摩笑面虎的想法。

既然笑面虎的真身是鑿齒異形，難免令陽天聯想，這裡是模擬鑿齒星的居住環境，或是太空飛船的內部結構。

重華見陽天力追不捨，便引動一群外力。

陽天驀地聽到四方八面傳來吱吱叫聲，城內的老鼠空群出動，重重包圍了他。鼠群如貓般大小，利牙尖爪，完全密佈通往另一幢大廈的通道上。

老鼠群前仆後繼地撲向陽天，重華見狀，展現艷絕的笑容，說：「好好享受吧！」說時十指箕張，發出低沉轟聲，瞬間凝聚出一團無色無形的壓力，推向成千上萬的老鼠群。一招甫出，她立即抽身離開，繼續前行。

陽天雙手運起左正右反的力量，剛運力卸開一群，牠們便瞬間爆炸成灰。爆風把陽天迫退數呎，其他老鼠瞬即搶佔這片空間，爬滿他的上下左右各方，恍如移動炸彈，一群又一群的爆炸，持續了十多秒。

煙塵散去，陽天所在的通道全遭炸毀，灰石橫飛，卻不見他的蹤影。

重華聽到了身後連串的爆炸聲，十分滿意。那力量來自母星大氣層成分的九成氬和一成氦，可產生巨大壓力的爆炸。

只不過，她預計這只能搶去三秒的先機。

此刻，重華眼前是直上三層樓的長梯，她不用攀梯，一躍而上。當她上到最頂時，陽天已來到下方。

剛才，陽天雙手翻飛，運氣成為球體，藉著老鼠群連續爆炸產生的動力，用陰極的逆動力量中和，同時用陽極的順動力量向前衝出險地。

既然對手已搶先前行，陽天也不敢怠慢，快步緊追，累積太極之氣，甫見重華已在長梯之頂，便拔出太陽輪弓，連射出一陰、一陽、一太極三支氣箭。

三箭之中，第二發於半途氣散，另外兩支則被重華揮掌擋走。兩箭射中牆壁及屋樑，爆出沙石塵土。

陽天見三箭無功，背起青銅弓，雙手再度運成圓形，隱隱出現了陰陽二魚躍動。

重華見他剛才第二發攻擊失效，心想：「這男人仍未完全掌握正反力量的運用，可先挫其勢。」

她雙手也不斷運圓，攻擊隨心而動，扯裂身旁牆壁的碎石和灰塵，形成一個順時急速旋動的三重光環，內側和外圈有碎片在流動，中間卻映出刺目光芒。

陽天心凜：「行星環？她的母星是土星？」土星環是太陽系的行星環中最突出與明顯的一個，但他不知道，太歲的母星也有一個黯淡難見的行星環系統。

陽天腳踏長梯，急速躍起，左手直接伸向每秒六十轉的行星環攻擊。

甫接觸，陽天登時被行星環帶動，繞在重華的外圍飛旋。但他繞過一圈，雙腳著地，左手即擺出太極拳的「單鞭」，依著行星環的順時方向揮動起來。

重華見此，不斷把行星環加速至每秒一百二十轉，陽天苦撐著劇痛欲裂的左手，等待那一絲勝算出現。

重華知道陽天固執好勝，行星環只要再過三秒便可以硬生生扯斷他的左手，然後沙石便會毀滅他整個軀體。

一秒後，她驚訝地發現預測有錯，行星環的力量向外流失，而且是流向陽天的體內！就在這時候，陽天貫滿勁力的右手止住了行星環的轉動，雙手一合一推，完全粉碎行星環，把重華震開至一邊。

「剛才妳用妳家的行星環打我，我就用地球打妳，」陽天十指鮮血淋漓，仍強笑：「這就是太極拳，借力打力。」

「用地球打人」是太極拳老師傅教拳的笑話，也是借力打力的訣竅，其原理是將對手的勁力，通過氣血的運行沉入腳底，然後借用從地心反饋的勁力，回擊對手。

陽天以順時推動體內的正極力量，當與行星環同步時，便借重華的力量一併歸還。

經過剛才的交鋒，重華需要重新評估這對手的實力。

「的確厲害啊，陽天。難怪妹妹會這麼喜歡你……」

「我和阿月的喜酒，一定會請妳來。」

「可惜，你們二人的命運是歸妹卦，相遇是命運，最後離開也是命運，就算山盟海誓，最後準沒有好結果。反而，你倆分離，她會越來越好。」

陽天無言以對。他無法不承認，那是羿與姮娥的宿命。

「喂，還有多久才到那黑色大門？」

「就要看妳的本事了。」

「了」字未說完，整座笑面虎的城堡頓時變得漆黑一片。那是晚上七時正。

晚上七時正，九龍城寨萬家燈火突然陸續變黑，全城瞬間失去光明。

城內的居民本來在晚飯後欣賞電視和聽收音機，忽然遇上停電。

停電，是城寨最常見的事，沒有甚麼大不了。

反而，能看見窗外的人會覺得圓月今晚特別明亮。

大廈的樓梯間，彼得、保羅和馬利拿著平日紀錄下來的外星人資料，再次一起行動。

肥矮的保羅開懷說笑：「橫豎他們都不打算留在這鬼地方，我們便幫他們一把啦。」

高個子馬利建議：「先殺才捕，過癮啊，過癮啊。」

突然，有中年男居民拿著手電筒照他們，金髮彼得拿出了袋中的原子筆，一改平日的輕鬆，冷冷地說：「殺了無妨，這裡的人大多沒有身份證，死了也沒有人知道。」

那是奧羅拉部隊配備的人道武器「無光鎗」，如原子筆的外形，筆尖可以射出人類不可見的光束，持續射中五秒，就可以燒穿人類肉體。

銀髮賓尼帶領能影響電力和機械故障的三位同伴，來到室女星系同鄉會門外，一旦衝入房內便可以暫停所有外星武器的功能，徒手捉拿那些外星人。

光頭大衛帶領能影響時間和空間感的三位同伴，來到后髮座星團同鄉會門外，一旦破門而入便會在十秒內減慢外星人的體感時間，並阻止他們移動至其他空間，一網成擒。

紅眼睛史提芬帶領三個視生命如草芥的同伴，急步來到大熊座同鄉會門外，輕叩大門一下，便準備殺個片甲不留，只殺剩一對帶回方舟。

二十組奧羅拉只被命令了任務目標，方法不限，只要能把外星人帶到機場跑道上的方舟便是完成任務。可是，全員陸續發現那些同鄉會門後二十室十九空，除了一間。

紅眼睛史提芬輕叩大熊座同鄉會的大門一下，準備開動無光鎗之際，卻見應門的只有兩個男人，一個穿著涼鞋，一個睡眼惺忪，跟資料所記錄的都不一樣。

被吵醒的阿水不滿地揮拳打向紅眼睛史提芬，對方卻紋風不動，若無其事。

孫行土運起右臂衝前，大叫：「還是讓我來吧。」

三支無光鎗直指孫行土的右臂，但只是燒穿表皮，映出了裡面金屬的銀光。

孫行土也若無其事，「阿修羅之臂」連續打爛他們慘白的臉。

當中有九組奧羅拉，在進入空無一人的同鄉會之後，突然被大量城寨街坊從門外堵塞，當中有不少人的名字都記錄在今晚的名單上。

室女星系同鄉會外，運水工人輝哥說：「大家久等了，要喝口水嗎？」他曾經是「水箱逃脫」的魔術師。

后髮座星團同鄉會外，魚蛋工場阿明咬住香煙，雙手冒起藍色火焰。他曾經是「真人吐火」的表演者。

獅子座同鄉會外，燒臘店的叉燒炳，拿起雙菜刀說：「大家姐說過，斬件大小，要先說清楚。」他就是曾把重華斬開不下三百次的「刀鋸美人」表演藝人。

玉夫座超星系團同鄉會外，站在最前的是為死去的女兒制裁犯人的父母。

這一眾外星移居者與外星同鄉會的決定不同，他們選擇留下來。

三分鐘後，陽天和重華一邊互相攻防，一邊來到了黑色大門前。黑色大門之後，就是黑隕石能量方磚的收藏室。

停電的昏暗中，天花喉管的電線，嗞嗞聲迸發著點點火花，照著負傷守住大門前的陽天。他的外衣已染滿了紅血，偶有幾點綠血，那是來自重華左手，剛才行星環攻擊被陽天破解時所負的傷。

重華伸出染綠血的左手，欲感知門後的黑隕石反應。可是，黑色大門經過特別處理，完全隔絕了所有探測。

她心想「笑面虎的寶藏」就在門後，只要打開大門，「太歲」的任務便會完成。「你讓開吧。」重華輕拭左手的綠血，離成功就差一步，令她心情異常躍動。

陽天細看重華的容顏，她不是當年那艷麗的女助手還有誰？

美好回憶帶來愉快心情，陽天說：「不，我不走，這是最好的欣賞位置。我還想看妳的精彩表演，『刀鋸美人』和『水箱逃脫』只是欣賞了一次，已教我畢生難忘。」

重華還以謝幕時的微笑，說：「那麼，臨死前就給你看前所未見的表演吧！」

這時，她不留歲月痕跡的臉孔上，突然浮現出斑斕多彩的黃棕色條紋，右眼前出現了一個鵝蛋形、逆時打轉的紅色大風暴，不斷散發出高熱。

重華與母星同步的攻擊有四種，這是第三種，也是最具母星特徵的一種。

陽天終於醒悟太歲的母星所在，因為他看見了可以吞掉整個地球的紅色風暴——木星大紅斑。

反氣旋風暴的力量令陽天幾近窒息，像要扯斷全身神經，而且溫度越來越高，堪比岩漿，他終於抵受不住，倒在地上。

在倒地的瞬間，陽天暗暗運起太極的正反能量，化作一條鑰匙……

沒有陽天的攔阻，反氣旋風暴打開了黑色大門，重華提起腳步，突然，門內湧出一股奇特的吸力，一下子把她扯進去，大門隨即砰聲自動關上。

陽天強撐起身，抹過臉上的熱汗，說：「之後，便輪到笑面虎好好的招待妳了。」

他刻不容緩地騎著電單車，離開九龍城寨，因為他的表演舞台不在這裡。

電單車上，風迎面吹來，陽天慢慢冷靜了。他開始思考，剛才太歲那股與母星木星同步的力量，與太極同出一轍，皆是自然現象的反映。但，人類的太極從何而來呢？

陽天繼續思考，進入更高的層次。

這黑色大門，可以說是鑿齒的捕獸籠。只要放一點誘餌，便會引來獵物。誘餌，是「笑面虎的寶藏」；獵物，則是「隱形強敵」。

重華環視過千平方呎的房內，空無一磚。

可是，黑隕石的能量反應卻非常強烈。

這是一個進退兩難的詭局。

重華若繼續沉思這情景如何破解，隨時泥足深陷；但要選擇離開，卻又不太容易。不是因為黑色大門關上了，而是她之後有沒有辦法再次進入這個空間。

結果，她中了兩個「西天王」合作的計。

重華還有終極的第四招，或許可以助她打破這個詭局。木星不是普通的行星，它內核下還藏有一股不弱於恆星的毀滅力量，只是她從未使用過這終極絕招，代價可能連自己也無法全身而退。

考慮越久，重華的心情越加沉重，尤其她有一位「曾經相濡以沫，不若相忘於江湖」的人，固執正義的陽天可能會對那個人不利。

於是，她屈指推算陽天的行動。「易」是她初來地球第一種學會的知識，正如陽天深信太極理論，她也堅信易卦可及萬物。

從乾卦六爻推算，陽天早前已踏入了第四爻「或躍在淵」，留在根據地，盤算對應各方的策略。

此刻，陽天決意離開據點，正應驗了下一爻「飛龍在天」。

陽天若是飛龍在天，那麼向明月也會相應進入下一個境界！

月光照著點石齋門前，店內傳來了一陣破裂的巨響。

一位少女徐徐步出門外，伸手捧月。

月照下，深藏於基因中的記憶源源湧出，她覺醒了，需要回到月亮去。

可是，她的月亮並不在天，而是在九龍城寨。

第10回

有機載體

MMXXI

在遇上陽昭之前，孫行土只覺得生不如死。陽天生死成謎，自己卻接受了生化改造，苟且偷生。

但是，命運把陽昭送到他面前，之後的種種經歷，令他重燃希望。

在去年對抗陽天宿敵饕齒的一戰中，他險些死在敵人尖爪下，幸而陽昭最後獲勝，他得以再次抓緊了生命中最後一根稻草。

從此，他珍惜生命，要活得無悔無憾。

就算現在面對五個異變怪人，孫行土也勇敢無懼。

他突然想起來，見道曾經打趣問自己，為了面對更強大的敵人，要不要同時裝六隻阿修羅之臂，因為真正的阿修羅就是那種形象。

當時他想了一會後回答，不必如此大陣仗了，他只要一隻，但要可以打出相等於阿修羅的威力，行不行？

見道沉吟半晌，收起開玩笑的臉，認真地回答：可以，But……

無暇細想，孫行土揮動阿修羅之臂，一拳打中了一隻全身銀灰細鱗的爬蟲類怪人。拳勁貫穿怪人的脊椎，一直傳至頭部和四肢，所過之處細胞核全數破裂，怪人動也不動，就此倒斃。

解決了第一隻，還有四隻。

他在賭，到底下一拳能否逆轉形勢。

見道說過，這麼強力的攻擊只可以連發兩次，那不止是阿修羅之臂的極限，也是孫行土的人造心臟的極限。

見道不敢妄想這科技會在不久將來突破，他要堅守搜神局的尊嚴，除非背叛搜神局，走上墮落之路，才可以滿足無限的慾望。

「你們哪一個來陪死？」

孫行土不知敵人還聽不聽得懂人話，至少趁機虛張聲勢，爭取多一秒思考對策——餘下的一拳若不能殺出重圍，難道用來自殺麼？

飛翼怪人忽然拍翼，惹起了獸形怪人的怒意，猿類怪人也搥胸叫喊，餘下的無脊椎怪人張大一公尺寬的怪口。

四隻怪人同時失控起來，一股令人心寒的毀滅力量，從遠方漸漸逼向這條密封的通道。這份久違了的力量，孫行土知道它的源頭來自誰人——

無脊椎怪人突然從地面躍起，飛噬孫行土。

孫行土不避不擋，也沒有揮出餘下的一拳。他心知結果。

那力量源頭到達，四個怪人登時斃命，倒在地上大灘血泊之中。

孫行土抹過臉上的冷汗，轉身望見一位臉容冰冷的女人。

女人思想混亂，難以表達內心所想：「乾……是那……『隱形強敵』……」說時，她腦中不斷重組那些不完整的記憶，她缺少的拼圖，別人手上可能也有一塊，所以她問孫行土。

「老孫，在一九八八年，陽天不是已經消滅了他嗎……？」

孫行土看見她臉上晦暗陰冷的月相，倒吞一口氣，謹慎地答：「對，陽天消滅了他，他不可能是乾。」

那話有真有假，說出了真相，後果堪虞。

聖殿內，春風倒在離祭壇最遠的一角，沒有人理會她的生死，憑她的傷勢，就連爬也爬不出來。

礙於瘋狂信眾的阻擋，她完全看不見祭壇上的陽昭處境如何。

情急之下，她冒著被截獲的危險，透過行動服向全世界的搜神局發出求救訊號。能傳多遠就多遠，這是最後的希望……

祭壇上有一張雲石床，陽昭四肢無力地躺著，過百條透明的導管插滿全身，體內的鮮血正緩緩流向導管。

他極力順著導管的方向張望，終點是一公尺外的另一張雲石床，床上是一個赤裸上身的男人，從這角度看不見面容——

金髮祭師走來，擋著陽昭的視線，說話依然直接傳入他的大腦：

「那就是『乾』的真身。他本來與這幢摩天大樓同屬一體，一直窺伺著這城市和世界，到了今晚，他終於可以再次自由了。」

祭師的語氣中，帶著熾熱的興奮。

「你的血和基因是自由的鑰匙。來膜拜『乾』吧！」

聽了這關鍵字，陽昭心裡湧現不祥的預感。

祭師揚手，喚起全場的信眾跪地膜拜，然後他走向「乾」的床邊，虔誠跪下，雙手恭敬地捧起一把青銅弓。

「這三十三年，苦等了……」

說後，祭師全身詭異地石化，連串啪啦聲響，身軀一下子碎散滿地，沒帶半滴血。

就在青銅弓將要墜地的一刹，一隻強而有力的手伸來，握著了它。

握弓的正是床上的男人，他慢慢坐起來，一邊拔走身上討厭的導管，一邊打量四周。

信眾們甫見這男人，歡呼若狂，不論遠近，都快步湧到祭台前面，不斷讚頌：「乾！乾！乾！」

可是，男人一點頭，全場信眾就像定了格一樣，立即停下所有動作和聲音。

男人下床，彎腰拾起地上其中一顆略帶透明的石碎，落在掌心，猝然拍向自己的額頭，撞出一絲鮮血。血流過嘴邊，他伸舌輕舔，發出瘋狂的笑聲，右手舉弓，近千信眾隨即同時跪地膜拜。

男人左手運起了一股正反相容的氣勁，提弓對陽昭說：「三十三年，很漫長啊……可惜我的自由不夠一千日了！不是它主人，這把弓就不能發揮它的威力。」

在這距離，陽昭絕不會看錯，弓上刻有鷹翼太陽輪。

終於，陽昭認出號稱「乾」的男人是誰了。

那以往都是虛擬影像，這次卻是實實在在的。

信眾傾盡生命、財產及技能，組成宗教團體，研發超凡裝備，在香港建構隱蔽莫測的電腦中樞，藏在這幢聚集了「乾」選出的超凡人類的方舟中，使命就是培植「乾」的有機載體，讓祂重臨世界，方可在二零二三年帶領信眾離開地球。

男人聚氣成箭，提起鷹翼太陽輪弓，咻聲射出，飛過信眾們的人海，箭勁震碎了他們的裝備，釋放出蘊藏的黑隕石元素，過千人陸續化成了異變生物。

最後，一箭中的。

遠在一角的春風被箭勁擊中，整個人撞到牆壁上，低著頭奄奄一息。

陽昭躺在床上，只能眼睜睜看著這一切，終於了解何謂生不如死，就連剛衝入聖殿的向明月也瞬間崩潰。孫行土呆在當場，恍如置身噩夢。

乾卦六爻、鷹翼太陽輪、立體迷宮和青銅弓，一切朝向真相前進。

真相沒有令人失望，卻令眾人絕望。

那男人赫然是陽天！

一九八八年的陽天！

清空城寨

第十一回

昨天下午，負傷的孫行土好不容易才來到合益樓六樓，逕自推門進入「室女星系同鄉會」，越過擠在房內的外星異形們，大剌剌坐在陽天旁邊，擺下一句：「請大家一切都聽他的。」搜神局來了兩個人，資深的老孫更透露了奧羅拉的行動細節，雖然略有誇大，但距離真相也不遠。可是，大部分異形仍然當作危言聳聽。

孫行土在一眾異形面前背讀近兩天來收集的資料：送水輝、魚蛋明、叉燒炳……等五十個名字，部分從城外來的異形未必對這些人名有何感覺，但對久居城寨的一群而言，每個名字都不是地球人。就算搜神局如何神通廣大，也未必可以準確無誤地判定外星異形隱藏的身份。那麼，奧羅拉大清洗城內異形的行動，並非不可能。

老孫拍拍旁邊的陽天，說：「你們有你們的選擇，但我們是東方搜神局，必定拚盡生命去保護城寨的安全。言出必行。」

其實孫行土並不清楚陽天到底在幹甚麼，但他有他的選擇。他選擇相信陽天。

房內，來自四個星系的外星異形們，有誰不想抓緊這可一不可再的機會？

凌晨一點，陽孫二人才回到點石齋，看見桌上已涼了很久的三餸一湯。陽天發現向明月在閣樓抱弓沉睡，待安置了她便回到樓下，和孫行土如平常舉筷喝酒。不一會，地上滿是啤酒罐，二十三罐中有十六罐是孫行土一口乾掉的。

之後，二人走出點石齋，在荷李活道散步，路過卜公花園的足球場，便索性躺在觀眾席上看星。天上星星像是無數的目的地。

陽天臉頰帶紅，雙手作枕說：「我在天台上：想到了一個方法，嗝……你一定會阻止、阻止……因為我沒有：權……」沉默了良久，再說：「如果我不是……搜神局：就會：一口氣幹下去，嗝……就似那傢伙……」那傢伙除了笑面虎，沒有誰。「……有他的『寶藏』，我才可以達成：目：目標……嗝……」

孫行土聽了好拍檔的話，便撐起身子，吐出一口酒氣說：「小子啊，權甚麼限，……見道教了我，說醉話，不算違規……那三個人失蹤的真相……」他向見道請教時，這位後輩剛到了吉隆坡。

陽天醉笑三聲，見道果然是見道，這不是解決權限，而是要二人和好。

事實上，他從來沒有懷疑過孫行土。

孫行土再乾了一罐啤酒，斷斷續續地說：「當初我選的三個臥底……資質都不比你差…………但他們深入搜神局面對的世界時，不知何故：被一股黑暗力量所吸引……再沒有回頭……」

孫行土輕拍陽天的肩膀，說：「是不是『唯一』並不重要，最重要……你：『活著』。」

陽天感到當中的無比沉重，也撐身起來，與孫行土對望。

終於，孫行土一字一頓，說出了搜神局的禁諱，正是見道口中「真正的敵人」——

暗黑搜神局！

東方搜神局成立二百年以來，有不少成員失蹤、退出和戰死。

然而，當中也有不少人因為貪圖黑隕石的強大力量，或是受黑隕石異化，變成失去人類良知及部分記憶的異變人，利用掌握得來的外星科技，大量生產武器。

他們不成群體，散佈各地，等待機會「回家」——反擊及毀滅遍佈世界的搜神局。

陽天聽完真相，終於解開心鎖，忍不住放聲長叫，叫出這月來的鬱抑。

孫行土認真地問：「小子，你到底在想甚麼？」

陽天借著幾分酒意，興奮地向孫行土分享了內心的計劃，站起來張手大叫：「我要做一場宇宙間最精彩的表演！」

啟德遊樂場的舞台佈置簡單，但演出精彩，令陽天至今難忘。至於這場號稱「宇宙間最精彩的表演」，陽天將請孫行土和一位好助手做幕後，而他，當然要走到前台。

陽天興奮未止，大力抱著老孫：「相信我，我一定不會走錯路。不會啊。」

作戰當日，晚上七時，啟德機場按照特別安排，在這一小時內禁止其他飛機升降。

方舟停泊在機場跑道的中段，引擎維持待飛狀態，遠方的51區正透過人造衛星，觀看機場從多個角度的直播。

彭博交臂站在方舟的機頭上方，他的工作要開始了，只有一個小時，正在倒數。

他只是代理人，不會希罕超時工作的加倍酬金。

吉兒按時轉播奧羅拉部隊的報告——

晚上七時正。「全城停電。」

晚上七時零五分。「各就各位。」

晚上七時零六分。「這是陷阱。」「遇襲！遇襲！遇襲！」

吉兒突然插口：「緊急。奧羅拉人數，減少至二十人。」

彭博聞言不動搖半分，抬抬那副無框眼鏡，繼續等候行動的變化。

晚上七時二十分。

負責雷達的莎賓娜，用成熟的磁性聲線說：「查理。在機場跑道的起點出現了過百物體移動，而且……」

彭博不用聽「而且」後面的話，已感覺到黑隕石能源快速逼近，程度比起去年十月那場橫跨亞洲的天火更強烈。

沒多久，一輛電單車領頭前來，隨後的過百光點是大大小小的宇宙航行載具。

彭博拉開左手的白手套，說：「美女們，準備招呼客人。」

負責武器的嘉美急快連打鍵盤作為回應。

方舟是移動要塞，基本配備有十門炮火，還加裝了一門戰艦級別的主炮。

此時，機場跑道的起點亮起了過百種璀璨燈光，七彩閃耀，各有不同的明滅節奏和移動軌跡，就似合奏一段偉大的樂章。

這個演出陣容來自宇宙二十多個星系，彭博內心稱讚，真是一場盛大的夜間巡遊。

電單車上的陽天，舉起太陽輪弓，太極氣箭已搭在弦上，借身後宇宙航行載具的反重力場，一人一車直衝向方舟。

陽天問過這些外星族群，他們的宇宙航行載具藏在哪裡，室女座的光頭老者反問：「你忘了我們以前在甚麼地方工作？在那裡的地底，藏有你意想不到的多。」

旁邊的肥胖主婦插嘴：「幸好那裡仍是地盤。」啟德遊樂場的地底，竟然是停機坪。

十分鐘前，收到了陽天的行動通知，過百架宇航載具陸續衝破彩虹道公園地盤而出，塵土飛揚。各載具按照協定，飛越沿途大廈樓頂，直指啟德機場。

彭博挺起一隻黃棕條紋斑斕如水彩畫的右手，興奮大叫：「以一敵百，Yeah！」

耳機傳來莎賓娜的聲音：「真的要攔下這百架 UFO 嗎！」她知道彭博越說得輕鬆，事態就越嚴重，如何對抗過百種外星武器，相信 51 區也沒這本事，何況是彭博和方舟。

輪到了吉兒，她說：「收到總部的命令，總要打一兩架下來。」

「他們太貪心了吧。」彭博了解51區的宗旨，不論死活，外星技術才是最重要的。「嘉美，我們聽話吧！」

方舟的十門三聯裝火炮開始從主體內伸出，移動炮管對準目標。

彭博那隻水彩畫般的右手一揮：「Fire！」

十門三聯裝火炮在轟隆聲中齊射，超重型穿甲砲彈命中陽天的電單車前方，卻只產生出大量濃煙和烈火，原來最前的三架宇宙航行載具同時展開了防護盾，一大幅半透明的紅色能量光壁化解了攻擊，陽天的電單車破火而出。

嘉美禁不住驚慌大叫：「糟了！」

彭博終於動身，飛向百呎外的陽天，半途中大聲：「再發！」

方舟五秒後再以相同角度射擊，此舉正中陽天下懷。

最前的三架宇宙航行載具再度展開防護盾，抵住了第二輪攻擊，跟在其後的所有載具都提升了飛行角度，從上方飛越過來。此時，它們與方舟只距一百呎。

陽天終於發出一記太極氣箭，咻聲射過彭博的頭頂，也射過方舟的上方。

彭博領悟到那不是陽天射失，而是一記號令。

所有宇宙航行載具立即釋放黑隕石能量，全速推動反重力裝置，低沉的轟聲剛起，同時朝陽天所射的氣箭飛行。那也是一記標示。

此刻，彭博才發現，對手不是旨在發動地球人與外星人的浴血戰爭，而是上演一場勝利大逃亡的表演。

陽天的真正行動，是拯救為了逃避二零二三年災星回歸而願意離開地球的外星族群。

他會將「笑面虎的寶藏」——黑隕石能量方磚——盡分給這些族群，但必須說服他們甘願冒離開地球的風險。

去年十月，一艘由四千萬個外星生命體組合而成的仙槎在離開地球大氣層前，被隱藏在高維度空間的機械巨掌摧毀。

但如果今次有過百架宇宙航行載具大舉離開，便有機會減低失敗的風險。外星族群之間要作出協定：誰遇上機械巨掌，必身先士卒阻攔，爭取讓其他族群離開。

雖然他們都來自宇宙，但想法未必一致，陽天必須費盡心機遊說他們。

於是，他利用「同鄉會」集結來自相鄰星系的外星異形，方便安排不同的宇宙航行載具離開地球。

由於今次有過百架宇宙航行載具，陽天為避免重演仙槎起飛時引起大廈倒塌的災難，便選擇了利用機場跑道助飛，但在甚麼時間才最適合呢？恰巧孫行土竊聽了「圓月下的方舟」的行動詳情，令陽天喜出望外，這是51區送來的一小時！

這過百架宇航載具在飛離機場跑道的一刻，完全關上燈光，瞬間消失於漆黑的夜空之中。

但是百機齊飛，激起颶風級別的氣流，不止把陽天和電單車直捲上半空，龐大的方舟也被吹得震動。

這場表演得以圓滿落幕，陽天必須全力答謝唯一的觀眾。

在急旋的氣流中，陽天衣衫颯颯作響，再度挺弓，搭起太極氣箭，瞄向騰雲駕霧般迎面衝來的彭博。

身上剩下多少力量，陽天都聚在這一箭之上。

彭博無比興奮，必須好好答謝陽天，只限一招，一招便可了結這百年一遇的對手！

彭博發動體內那股未知源頭的外星力量，推出斑紋流動的右手，掌心上綻放出一朵血紅的薔薇，紅薔薇逆時旋動，產生比岩漿更熾烈的高熱。

陽天血肉之軀，只要被擊中，勢必化成漫天艷紅雨點，隨風而逝。

他首次看見彭博發動攻擊，不禁生起雙重驚訝。

第一重驚訝是為何彭博會使出太歲的「木星大紅斑」？

第二重驚訝則是自己還有沒有能耐接下這一招？

在電光火石間，陽天的第三重驚訝驟然生起——

太歲無聲無息地出現在彭博身旁，右眼浮現赤色大風暴，也使出了「木星大紅斑」！

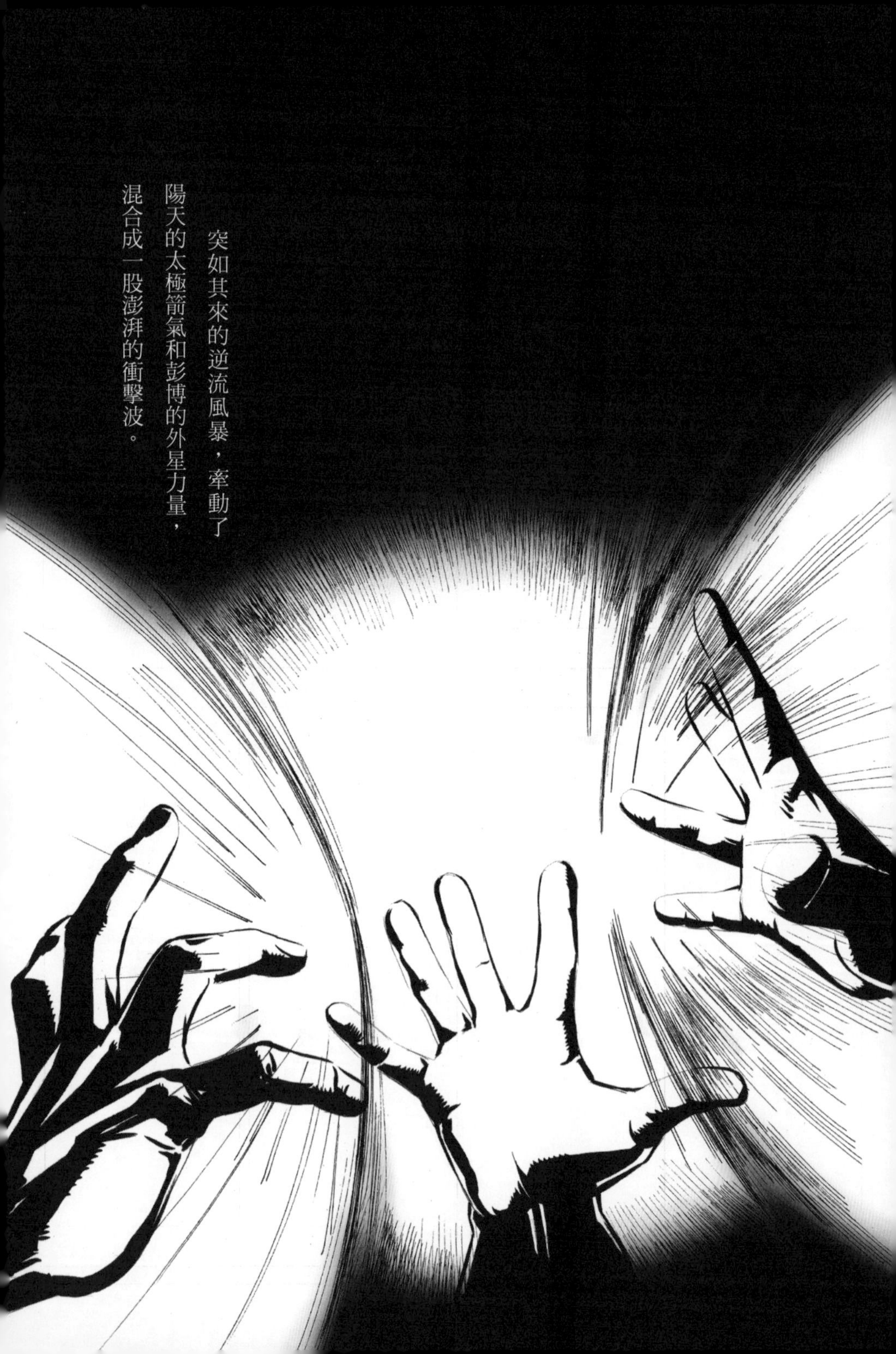
突如其來的逆流風暴，牽動了
陽天的太極箭氣和彭博的外星力量，
混合成一股澎湃的衝擊波。

三人被重重震飛，跌倒在方舟的機頂上。

陽天和彭博皆知，這個滿身帶傷又不失艷麗的女人阻止了剛才的互拚。她不是隱形強敵。陽天驀地作出了這樣的判斷，此女人對向明月也是真心善待，並非不懷好意靠近。

而彭博也知來人是北天王麾下的女將，並從剛才的一刻，感到一種奇異的連繫：自己十三歲時在啟德遊樂場覺醒了外星力量，就是因為這個女人。

早前，困在鑿齒籠子的太歲，加強腦波頻率，不斷向門外傳送一個重要訊息。

雖然黑色大門擋掉了大部分訊號，片斷的訊息仍然重組成一句：

「發現大量黑隕石能量方磚。」

甫收到太歲的通知，牆上的電線管登時飛出了過千條電線，不斷在門外繞纏，很快便繞成一個高五呎多的人形物體。「隱形強敵」需要一個模擬「陽天」，不止這樣，這個「陽天」還要能散發出太極正反能量，因為陽天本身就是黑色大門的鑰匙。

「隱形強敵」不斷調節「陽天」的能量波幅強弱，以匹配開啟這道大門的頻率。幸好，他剛才「看見」了陽天如何打開大門。

不久，黑色大門終於打開，走進內部，「陽天」卻發現沒有半塊黑石方磚，只有太歲熾熱無比的「木星大紅斑」攻擊。

「陽天」伸出左掌擋住攻擊，包裹電線的膠套即時熔化，內裡的金屬線迸發出火花，嗞嗞作響，但門外即時飛來過千電線來修補殘體，轉眼間就回復原樣。

太歲感覺到他的憤怒：違誓者死。但她不為所懼，內心早有打算。

的確，她曾在「隱形強敵」面前起誓，承諾為他完成尋找黑隕石方磚的任務。

這刻，她在欺騙他。當然，她知道違反誓言是不義之事，但這也比不上至親的安危。

太歲唯一能夠做的是，走！

黑色大門開始關閉了，她不得不走出這個詭局。可是，只要「隱形強敵」真身仍在，隨時會危及更多城中住民，釀成更大規模的災難。

因此，太歲必須搶先反攻！

「沒有你們，我消滅不了他。」太歲對陽天和彭博說。

陽天疑問：「他，是誰？」彭博卻問：「我……是誰？」

太歲能與彭博如此靠近地對話，這是第一次。或許也是最後一次，她只得說出答案。

「我倆是最後擁有木星人血統的人。」

陽天要找出真相，執意追問：「那麼，他……隱形強敵到底是誰？」

木星，古時稱為歲星，取其繞行天球一周為十二年，與地支相同之故，另有攝提、重華、應星、紀星等別名。到西漢時期，《史記》作者司馬遷觀察到歲星呈青色，將它與五行學說聯繫在一起，正式命名為木星。

神明網絡

第12回

MMXXI

陽昭那被告知戰死的父親、孫行土不知所終的戰友、向明月生死未卜的丈夫——一切疑團的癥結，在不可能的時空下，載著「乾」意識的陽天屹立在祭壇上。

他身上散發著極盛的、流動的箭氣，同時混雜著濃烈的黑隕石力量，兩股能量交纏，青銅弓在他手上，散發亦正亦邪的強大氣場。

向明月瞪目呢喃，無法相信眼前所見，雙手自動貫滿月相之力戒備，內心暗驚不已：「我怎會有這樣的力量？我到底是誰……？」

她心神恍惚，吸收了黑隕石能量而異變的信眾們即時衝前施襲。

孫行土一腳把異化的怪物踢飛，回頭對向明月厲聲猛喝：「阿月！醒醒！他不是陽天！他是八八年從我們手底下逃出來的強敵，這不是真的陽天！」

一九八八年六月，「乾」曾以另一副姿態與陽天為敵。

在九龍城寨的生死戰後，「乾」帶著陽天的基因逃離城寨，並隱身於這個黑隕石元素密集的大城市裡。

他利用人類對神明崇拜的愚昧，召集各種擁有專門知識及大量財富的信眾，打著宗教組織的幌子，用意識操縱金髮祭師，帶領過千名信眾四出尋找黑隕石。

陽天是「乾」所遇過基因最強大，且擁有黑隕石異變體質的人類，因此信眾的最大任務，就是要培植出一九八八年的陽天。

他的身體，在二零二三年阿雷斯彗星回歸時將有莫大效用。

為收集黑隕石力量，「乾」三十年來踏遍香港每個角落。由於信眾眾多，所到之處，總比陽天捷足先登，先把黑隕石發掘出來。即使只有少量能發揮效用，也足夠運用在滅世前的一切計劃之上。

三年前，陽天的複製體終於培植成功了。

正當「乾」以為可以驅動這副有機載體自由行動之際，卻發現它必須有足夠的陽天血液才能啟動。沒有陽天，擁有射日威力的青銅弓也不過是把廢鐵。

就在以為功虧一簣之際，去年某夜，天空轟然炸開一個大火球，那正是陽昭以五行氣箭沖天擊破空中伸來的機械巨掌。

那股巨大的能量，重燃了「乾」的希望——陽天原來有後於世！

這個繼承氣宗的傳人身上流著陽天的血，一定要活捉回來！

於是，「乾」發動信眾突襲陽昭和春風，在第一次圍攻陽昭的時候，已偷偷採集了他的血液樣本，並分析出血液中含有與父親血液極為接近的黑隕石異變基因。

雖然血液不是純正的，但只有少量負面影響，還是值得一搏。

對「乾」來說，陽昭是世上唯一的陽天血庫，也是驅動這副有機載體的唯一燃料，必須好好保留陽昭性命，才能讓「乾」安然迎接阿雷斯彗星的回歸。

這時，「乾」的目光移向台下，在被信眾重重包圍的不速之客中看到那個女人，想起當年的慘痛教訓，決定馬上行動。

他伸手搭在陽昭肩上，打算把他從雲石床拉走，豈料竟反過來被陽昭迅速用雙手緊緊抓住，掙也掙不脫。

陽昭怒火中燒，生起無數疑問——

你是真真實實的陽天？

你是搜神局最正義且偉大的英雄？

你只是藉假死而密謀組織邪惡勢力？

你欺騙了家人和同伴的感情，讓所有的期待都落空了？

你知不知道我是你的兒子？父親！

疑問越多，陽昭抓得越緊。

「乾」對陽昭的無禮恨之入骨，也暗暗訝異他氣力回復之快，不愧為異常體質，於是提起青銅弓，弓頭狠狠地摑在他臉上，陽昭受此重擊，鬆開雙手像鎖一樣的束縛，滾下雲石床。

另一方面，向明月和孫行土合力擊退異變信眾，終於殺出一條血路來到春風身邊。春風氣若游絲，心裡卻仍惦念著深愛之人：「救……陽昭……」

孫行土急叫：「阿月，那不是真的陽天！快救陽昭！」

這時，聖殿內過千隻異變怪人，在「乾」的指令下向春風等人襲來。這些怪人全都喪失人類時的意識，如無畏的死士，而且數量殺之不盡，想衝出重圍，踏上遙遠的祭壇，簡直難於登天。

可是杯水車薪，如此下去，一行人只有被消耗至死的絕路。

向明月決定轉為防守，右手生疏地畫個半圓的暗淡光暈，旋即化作一道滴水不漏的保護網籠罩三人，赫是月相力量的「弦月之網」。

戰況緊迫，已經不是糾結自己記憶真相和力量之源的時候。

她擋在二人身前連環出掌，擔心地說：「老孫，你先為春風施救，我來拖延時間，再找機會突圍！」

半人半獸的信眾但凡想衝進保護網者，皆被月網的力量壓毀成灰，可是前一個才剛被消滅，後一個又不顧性命硬闖上來。

「小心！」一隻怪人把向明月纏著，另一隻怪人趁機從防禦力較低的空隙鑽進來，孫行土連忙用阿修羅之臂將之擒住，推向弦月之網，一下壓成飛灰。

異變怪人雖如潮水襲來，但一時間也衝不破這月網。

「昭！」向明月遠遠看見兒子受襲，大聲驚呼，縱使明知眼前是虛假的「丈夫」，這幕父子相殘的影像仍是不可避免地像刀一樣深深把她刺傷。

她思緒紊亂，回憶中的關鍵碎片似乎刻意要躲避主人的搜捕。

但向明月救子心切，情急之際，大步踏前，雙掌舞動把弦月之網擴大，一下子把怪人逼退了好幾步。

陽昭掙扎著爬起，臉上一道鮮血沿著下巴滴落。

但這股嫣紅，也及不上他雙眼快噴出來的怒火般奪目。

陽昭咬牙切齒地說：「即使你是真正的陽天，今天我也絕對不會放過你……」

陽昭用盡力氣揚起抖動的左手，瞬間，過億塊的青銅碎片從四處飛聚於掌上。他之前用腦電波命令青銅棒暗中解體，待自己的狀態回復，便可以伺機反擊。

青銅碎片不用半秒，便組合成春風常用的飛鏈形態。

「喝！」陽昭一記鞭打在「乾」赤裸的胸膛上。「乾」沒料到陽昭在大量失血下竟仍能偷襲，一時走避不及，身上即時留下一道深深的血痕，鮮血冒出。

陽昭咆哮：「這是代春風給你的教訓！血，還我！」

說時他再次揮動飛鏈，但「乾」這次早有防備，加上陽昭虛弱，動作的敏捷度大減，只見「乾」一個翻身，鬼影似的已退至三公尺外。

陽昭見一擊不中，亦向後拉開距離，眼角焦躁地察覺到聖殿角落，只見母親和孫行土正全力抵禦怪人的圍攻，後方的春風生死未卜。

先不管母親為何擁有這麼強大的異能，戰況拖得越久，只會對春風越不利，他唯一的辦法是盡快制服「乾」，然後把春風送回點石齋救治！

陽昭心念一動，飛鏈瞬間重組成三足烏弓。

要是尋常人，陽昭身上的血量根本不足以支撐任何動作，但奇怪的是，自母親衝進聖殿，陽昭便感覺一股暖流透進體內，讓他通體發熱，氣力漸漸回復至平日的三成。

這邊廂，「乾」腦內也飛快盤算：雖然此刻看似佔了上風，但陽昭有異於常人的回復力和潛能，實力仍是未知之數。

而最要防備的，是祭壇下力量越見渾然圓熟的可怕女人。

向明月揮舞雙掌，逐步逼近，信眾們對她的攻勢已漸感吃力，這樣下去，最快只需三十秒，那女人便隨時可轉守為攻。

「三十秒！就用這三十秒拿下陽昭！」「乾」冷笑，成竹在胸。

氣隨念起，「乾」左手再度聚起陽天所用的太極氣箭，搭在鷹翼太陽輪弓之上。只見黑白兩道真氣交纏弓身，激起的能量令聖殿室內氣流相碰，轟轟作響，如受強風吹襲。

「乾」只想，戰敗的恥辱不可再犯，制住陽昭，迅速撤走！

「快帶春風離開！」陽昭向孫行土大喝，說罷轉身提起三足烏弓，深深提一口氣，以不足四成的力量聚起五行氣箭，瞄準「乾」。

一場古蜀國神弓的對決，就此展開！

咻！咻！咻！「乾」和陽昭同時互射對方三箭，「乾」的太極氣箭是陽極、陰極及陰陽共融；陽昭的五行氣箭則是銳不可當的金箭、爆發力強的火箭，以及無孔不入的水箭。

轟！轟！轟！六箭於空中高速相撞，爆炸產生三道撼動天地的巨響，聖殿四壁同時受壓震盪，餘音不絕！

為求快速制敵，陽昭立即再射出一支五行合一的虹光氣箭，但「乾」彷彿能預知陽昭的心意，不屑地也發出第四箭，五彩氣場縈繞，竟同樣是五行合一！

兩箭相抵，轟的一聲，「乾」的氣箭衝破陽昭的箭，來勢不減，直指陽昭，他反射性地挺起三足烏弓，在電光火石間化作圓盾，單手迎盾力挺，兩腳則一前一後，運勁使出千斤墜。儘管應變迅速，但箭勁之強，還是把陽昭逼退了好幾個身位。

「為甚麼『乾』懂得五行氣箭？而且力量更在我之上！」

陽昭無比驚愕，莫非……但現在已不是深究的時候。

他的力量至今仍不足四成，難以發揮變形武器的優勢，若不改變戰術，難以扭轉下風。

陽昭運氣發箭的技藝，「乾」一眼便看出是從陽天的太極氣箭演變過來。陽天從陰陽發展成五行，而五行是每個星體的必要元素，不同的構成比例會產生不同的生命。這深層的變化，「乾」早在「母體」時已掌握。

時間只剩下十五秒。

以陽昭的狀況，「乾」推算他能發出的攻擊組合，可高達千萬個。但此刻，局勢已在掌握之中，根本無謂再作糾纏。

下一箭他便可完全壓制陽昭，就算把他重傷，只要仍活著，便是個血庫。

「乾」再次提弓拉弦，今回搭上的是陰陽及五行合一的兩支氣箭。

兩支箭從無到有，逐漸成形，單是默默扣於弓上，聖殿內已刮起夾雜七股氣場的強風，繞著風眼的「乾」飛旋。

陽昭腦中登時閃過孫行土在特訓場的話：「那是陽天也不能駕馭的層次！」

被封鎖的修練層次，此刻竟在「父親」身上施展開來，瞄準對象竟是自己！

種種不甘和怨恨一時間湧上心頭，氣一濁，鮮血從陽昭嘴角湧出，體內的力量開始紊亂。

他再揮盾成弓，右手五指泛起閃爍不定的五行氣勁，既相生又相剋。孫行土遙遙看著，那可能是連陽天也沒想過的戰法。

陽昭五指的五道色彩明明滅滅，時隱時放，「乾」的強風彷彿隨時要將之撲熄。

陽昭從未試過如此運勁，但此刻已無法計算後果，他把手搭在弓上，竭力穩住這五道氣勁，一揚手，一束散亂的五色虹光向「乾」激射而去。

可是，這道光卻失控地膨脹起來，陽昭和「乾」神搖目眩，一下子被虹光吞沒……

「昭！」向明月在幾近不能視物的虹光中衝向祭壇，但異變怪人空群撲上。

「單靠弦月之網不可能幫助陽昭，我必須轉守為攻！」她伸手往空中一掃，手過處，天花板上巨大的鷹翼太陽輪圖案登時破裂粉碎。

一股雷霆萬鈞的浪濤聲在室內響徹，一眾異變怪人只覺一道翻天巨浪向自身捲來，無不失去平衡，跳倒地上，痛苦驚怖地打滾，被天花塌下的碎片打中，紛紛斃命當場。

向明月的長髮也跟著這道無形巨浪的節奏翻飛，一個暗黑的滿月在她身後隱現。

她已轉換了另一個月相——晦。

就在弦晦轉換間，虹光中的陽昭再次感覺一股力量流遍全身，這次卻不是暖的，而是徹骨的寒意。

祭壇上，「乾」被強光眩目，一時看不清眼前狀況，只能推算陽昭的行動模式——他會在我視力回復前發箭，發箭點最遠是四公尺，而且聚氣時會有輕微的空氣震動……是前方左邊四十五度角！

「乾」拔起鷹翼太陽輪弓，躍身直撲陽昭所在。

與其浪費時間聚氣成箭，不如近身奪走陽昭的攻擊時機！弓的兩端尖銳如刀刃，即使沒有箭，亦可化身成近戰武器，穿破敵人的身軀。

同時，向明月以晦月之力向祭壇強攻，異變怪人紛紛成為她的掌下飛灰。

「乾」清晰感受到她向祭壇逼緊的每一步，比他推算的更快！他只得力貫弓尖，狠狠地刺向陽昭，不容有半分偏差！

半秒後，虹光減退，事物的輪廓再現眼前，「乾」清楚看到弓尖插進了陽昭的心坎，鮮血直流地上……

「唉，可惜！」「乾」不禁嘆氣，浪費了珍貴的血液。

一招得手，「乾」立即拉住重傷的陽昭，往聖殿的另一方跑。

「乾」剛踏出一步，忽覺手上的陽昭變得重如泰山，紋風不動。

同時，兩股力量從左右而來，擊中「乾」的雙耳，赫然是陽昭貫滿五行箭氣的雙掌！

昏眩間，「乾」看見陽昭露出了勝利的從容，說道：「你就算打贏我，也不會讓我死，這就是你的致命弱點。」

「乾」欲再揮指畫出令人昏厥的符號，卻發現身體各處開始不聽使喚。

「動不了吧，我的拍檔剛才已從你耳朵鑽進體內，感受到嗎？」說後，陽昭心念一動，命令青銅碎片急速在「乾」體內亂竄，登時削骨斷肉，腸穿肚爛。

即使痛得如千刀萬剮，撕心裂肺，「乾」依然面容繃緊，不吭一句。陽昭見此心忖，真正的父親也會是這樣子的嗎？

這念頭一動，驀生厭惡，手底不其然發動五行氣勁。

剎那間，「乾」只覺眼前視野分裂成無數碎片，然後一切變成黑暗，失去所謂「人」的知覺。不消兩秒，他的頭顱已被箭氣穿透，完全粉碎成灰，連那顆嵌在額前的碎石也不能倖免。

砰噠！失去頭部的「乾」，身軀重重跪在陽昭跟前。

陽昭見敵人已除，才散去假死時護住心臟前最後一分的土屬性氣勁，並伸手召回青銅碎片。他打量自己雙掌，剛才的攻擊除了五行箭氣，似乎還有其他力量滲入其中……

他望向祭壇下，一個明明是自己至親，這時看來卻無比陌生的女人，正踐踏著異變生物化成的灰塵而來。

向明月冷冷地說：「……昭，你還沒有勝利……不可再讓他逃走……」

陽昭聞言，方發現自己忘記了一個重要的漏洞，急忙轉身，但為時已晚，從地上那複製的父親軀殼上感受不到任何反應，敵人真身已在他分神間逃逸。

陽昭心頭湧來一份難以言宣的憤怒，手心一緊，青銅碎片化成一把大斧，雙手高舉，紅了眼，一下又一下劈下去。

轉眼間，祭壇上慘紅的血液一滴一滴流到台下。

向明月默默地看著，眼神清澈冰冷。孫行土遙望著這對母子，內心泛起不安的漣漪。

陽昭腦海裡痛苦地壓抑著一個思路，但越是想控制自我，那些他知道不該有的念頭就越像一個個氣泡似的，從思緒的深海冒上來——不能踰越的修練界線，所謂陽天也無法駕馭的危險境界，剛才「乾」已經示範了，那根本是一個謊言……

若非情急智生，兵行險著，倒下的便是自己！

父親——應該說是那叫陽天的男子，他所傳授的氣宗箭術，到底有沒有藏著自己不知的秘技？這隱藏的部分又有多少……？

鮮血流淌一地，陽昭收回染血的青銅棒，強行按下心中無數疑問。

黑夜悠長，是夜尚未劃上句號。

陽昭拿出剛才被「乾」入侵的搜神機，那已經成為了「乾」意識的逃生之路。只是，搜神機的網絡並非普通的網絡，「乾」很可能是自尋死路。

「老孫，我要父親的『好兄弟』幫忙。」

陽昭緊握搜神機，牙齒咬至出血。

設立在雪山上的搜神局亞洲總部，在二千多年前，只是一個黑隕石墜落的地標，及後演變成當地居民的一個石堆祭壇。

在二百多年前，有負責搜神任務的三位東方巫師前來，以此地作為據點落地生根，最後演化成印度分部。

踏入二十世紀，隨著歐洲、非洲和澳洲都陸續設立分部，印度分部便逐漸擔當亞洲總部的地位。

在一個經年積雪的洞穴，藏了分部過萬台電腦系統，當中互相串聯的接線，總長可以環繞地球一千個圈。

一位滿頭黑白相間長髮的華裔男子穿著印度傳統服裝兜迪，跳著印度舞，伸手拔起了一條通訊光纖線，插進自己的左耳內，說了一句有過千種意思的話。

自從陽天失蹤之後，這位擁有神明智慧的白癡便只會說——

「陽天回來了。」

第十三回

太歲

XIII

木星，太陽系內最大的行星，因為其巨大的重力，頻繁招引彗星撞擊，被認為是太陽系其他行星的最強護盾。可是，就連木星也抵擋不了災星「阿雷斯」的侵害。

阿雷斯彗星的蟲洞出口就在木星軌道附近，它所散發的黑隕石能量嚴重破壞了木星的生態，具有保護作用的大紅斑也逐年變小。

最後一萬個木星人好不容易才成功遷往地球，但與母星相差太遠的大氣壓力叫他們生活艱難，數目也逐年減少。

一九六零年，一個女木星人隻身從英國來香港暫居。

她愛上了香港女性的旗袍，也愛上了九龍城寨這個三不管的罪惡城，亦愛上了這處被遺忘的外星族群。在沒有同族支持之下，她在城寨內照顧誤入歧途的外星異形，不畏黑勢力干擾，引導他們重獲新生，甚至有黑勢力分子改邪歸正。

某晚，在仍未建有大樓的大路上，重華準備回到城寨外的家，並提著在上環摩羅街購買的長桿煙斗，正思索該買哪種煙絲時，卻與一名飲醉的男人擦身而過。

後來，二人又時常在城寨內外擦身而過，甚至一天內碰到三次。

重華得知這個每次都醉醺醺的男人，就是「南天王」彭義。

他不是酒醉，而是茶醉，很古怪的體質。

重華對他沒興趣，心想還是少進城寨為妙。

可是，在一個月後的某天，重華發現自己「懷孕」了，那不是木星人的繁殖現象，也不像地球女性挺著大肚子那樣。只是有一個地球人與木星人雜交而成的新生命，逐個細胞在她的體內凝聚起來，整個過程需要十個月。

一九六二年四月，新生命誕生下來。

根據地球人的性別來說，是男嬰。

他的身體與地球人無異，而且在機能上可與木星的力量同步。

但是重華害怕被同族人發現這混血的新生命，於是把男嬰放在彭義的床頭，交由他養大成人。離開前，重華回望那個男人，曾有一時猶豫，他究竟懂不懂得養育嬰兒？最後，她還是鐵了心離開。

奇怪的是，彭義老來得子，從此清醒過來，務實工作，專注他在城寨的建築事業。而這個女木星人也繼續她導人向善的義行，就連「東天王」秦豪都敬她幾分。

適逢啟德遊樂場正在籌建，女木星人便鼓勵外星更生者去當表演藝人維生。

要賺錢維持地球的生活，才可以繼續尋找黑隕石元素。

為了凝聚所有更生者，女木星人也來到遊樂場工作，擔當他們的大家姐，而且起了一個紀念故鄉星球的藝名，「重華」。

有誰會猜到啟德遊樂場的所有奇幻節目，包括魔術和鬼屋等，都是異形們用不可思議的外星力量炮製出來的表演，為香港市民帶來了無數歡樂。

從一九六五年一月三十一日，啟德遊樂場正式開幕起，重華就一直在遠遠觀察那對時常來遊玩的父子，暗想生命這東西，果然比舞台上的表演更不可思議。她偶爾想走近那個叫彭博的孩子，但為免引起場內其他外星異形對他的注意，她只得繼續扮演觀察者。

及至彭博十三歲時，重華需要回英國處理木星人事務，心想這可能是最後的機會，便刻意從彭博身邊經過，引起能力共鳴，激發他的木星人力量。

臨出發前，重華竟然與「南天王」彭義在合益樓的升降機內，困了超過三小時。二人鮮有地對望，彭義忍不住跟她搭訕：「我們以前是不是在遊樂場見過？」重華始終是要離開這城寨，便揚手請他閉嘴。

離開香港之後，重華與數不清的地球男性擦身而過，但沒有再出現那種奇特的情況。期間，她看著身邊的同類一個接一個死去，最後只餘下她一個時，她慢慢發現，那對父子於自己心中佔著重要的地位。

十年後，一九八五年，重華回到了九龍城寨。

她發現彭博已去了美國讀大學，而彭義已患老人癡呆三年了，常常獨自坐在沒有家人的大宅內。因此，她可以隨時靠近他，在他不知情的情況下照顧他的起居。

一天，彭義突然病弱垂死，重華只得向城寨內的「靈石」滴血祈福。

初到城寨時，重華與靈石相遇，彼此已知對方絕非地球的人與物，但靈石的異能讓重華不得不依賴它。

靈石答應令南天王續命一年，代價是要重華立誓效命於它，一年換一年。

翌年，窗外木棉花開的某天，彭義竟然擺好茶具，拿出珍藏二十年的茶葉，泡了三杯工夫茶。他靈台清醒，向面前憂心忡忡的重華遞上了茶杯，萬千感慨化作一言：「原來是妳……博仔的母……」

重華一口喝盡了茶，回憶那年多次擦身而過的光景，也許是茶葉的苦澀，引發她流出地球人所說的淚水，也許是茶的回甘，引發她邊哭邊笑。彭義想再敬她一杯，但他的手已不能再動了……

自此，重華改用彭義喜愛的茶葉，揉成絲狀，塞進長桿煙斗，燃起了懷念故人的氣味。

彭博收到父親的死訊從美國回來，重華在啟德機場看見長大的彭博，本想跟他擦身而過，可是彭博的木星力量已比她想像中強，很快探測到有不尋常的人接近，重華不敢再上前一步，只能佇足遠望。

彭博踏出啟德機場，沒有立即回家，只是徐步前往那個滿載回憶的地方。大約三十分鐘的路程，重華在不給他發現的距離外遠遠跟隨。午後的陽光照著路上的他和她，儘管視角不一樣，二人都在緬懷過去那段遊樂場的光景。

「曾經相濡以沫，不若相忘於江湖」，重華面對彭氏兩父子也是如此。

後來，前任「北天王」呂烈喪生，木星人重華以「太歲」之名降臨城寨，替幕後黑手尋找「笑面虎的寶藏」。

「查理！」

晚上七時二十五分，機場跑道的方舟上，一個突如其來的報告，打破了陽天、彭博、重華三人的膠著狀態。

彭博把耳機調至擴音模式，讓陽天和太歲都能聽到，從耳機中傳出莎賓娜的聲音：「雷達追蹤到有一架UFO突然離隊下墜，原因不明！」

三人仰望莎賓娜所說的方位，雖然陽天看不見漆黑的夜空有任何異樣，但他猶記得，那群外星異形也擔心，部分載具日久失修，故障嚴重，未必能成功衝出大氣層。始終滯留地球的他們，從來沒有想過可以離開。

太歲斜眼見陽天沒有露出放棄的神色，也就不發一言。

吉兒說：「總部要求發射普魯托大炮！九龍城寨或UFO，目標由查理決定！」

彭博聽後，只是「噠」聲一下彈指。

嘉美宣讀：「普魯托大炮，開動！」

普魯托，即古羅馬神話死神之名，這是一支從天龍星人技術轉化過來的三十二吋口徑超長程射擊炮。

方舟後方轟隆作響，打開甲板，緩緩升出一條三十呎長的炮管。

彭博看炮管正在調整射角，便笑問陽天：「要是這一炮不發出去，全方舟的機組成員便要面臨終身監禁的刑責。換上你是我，要選UFO？城寨？」

陽天心忖，既然是51區的外星科技，說不定大炮真有辦法對付同是外星來的UFO，如果把它擊落，美國就會出師有名，成為地球的保護者。而如果射向九龍城寨，那地方便會從地圖上消失，香港政府不用等到一九九四年。

只不過，他不會選擇，只會握緊拳頭，全力阻止。

彭博察言辨色，知陽天不打算讓步，本欲出言挑釁，莎賓娜的聲音卻插入：「報告，再有兩架UFO急速下降，接近之前的一架，五秒後進入射程範圍！」

陽天聞言大急，再來的兩架肯定不是出了意外，而是前來拯救離隊的同伴。

彭博興奮地揮指向天，大聲命令：「三架啊，賺了！嘉美，目標是UFO！」

普魯托大炮這時已完成鎖定，停止移動，嘉美立即數秒，三、二、一！

彭博伸出右掌心的大紅斑：「該輪到我表演了。」

陽天踏前一步，蓄勢待發，只有一直默默旁觀的太歲，彷彿聽到彭博的真正用意。

就在三呎長的炮彈即將離開炮管之際，陽天和彭博同時出招。

陽天正反力量貫掌，拉箭疾射炮管，千鈞一髮之際打歪了射角，令彈道偏離。發炮聲震耳欲聾，陽天這才發現，彭博打出的「木星大紅斑」，攻擊目標竟不是自己，而是剛離開炮管的炮彈！

彭博得意洋洋地望陽天，彷彿在說「很精彩，是吧？」

彈道被修正了？棋差一著？陽天整個背脊都涼了。

然而，炮彈的飛行方向，出乎陽天意料之外，直飛向東南方的南中國海，十秒後遠方爆出一個大火球。

同時，夜空中驀地閃現一撮紅光，是兩架後來的 UFO 共同張開紅色力牆，托住了失控下墜的那一架，立即離開普魯托大炮的射程，趕緊回到隊伍中。

不一會，所有外星族群都安全飛出大氣層，向不同的座標急衝離開。

嘉美、吉兒和莎賓娜無計可施，只能請求指示：「查理！」

彭博問：「吉兒，奧羅拉人數？」聽吉兒回覆只剩五人，他便說：「他們回不來了，任務結束，你們準備回家吧。」

結束？陽天狐疑地打量彭博，覺得這次51區的行動太虎頭蛇尾，而且處處都是矛盾。彭博的工作不是捕捉外星異形？那麼他真正的目標是甚麼？

這時候，彭博抬頭向夜空舉起中指，他知道美國的人造衛星一定在監視著：「放心，若你們受罰，就算被困在銀河，我也會來！」此話換來了機組人員一致的掌聲和歡呼。

尚差二十三分鐘才到八時正，彭博提早把機場跑道交回香港政府。

坐進紅色跑車後座的彭博，揮手示意方舟離開。

重華坐在司機的位置上，問陽天：「你還不上車嗎？」

陽天有點不放心，說：「就這樣離開嗎？那些奧羅拉……」

彭博從容地說：「不用理了，他們活不過今晚的零時，信我。」他故意少說了「沒有精神食糧」這幾個字。

陽天沉默半秒，提出了一個假設：「難道，消滅奧羅拉才是你的工作⋯？」

Shit！這傢伙真的不簡單！彭博心裡認同陽天的實力。

即使如此，彭博也不可能當面承認，51區真正的業務委託，就是藉由策劃一場捕捉外星人的行動，讓這百多名奧羅拉全部送死。因為要是有任何風吹草動，讓奧羅拉部隊知悉51區的秘密，反過來聯手對付美國政府，隨時會釀成新的危機。

彭博要處理得乾淨利落，精神食糧就是手段之一，當然，搜神局和城寨的外星異形也是不錯的助力。

彭博只得裝作自滿非常地說：「噓，商業秘密啦！要不違法地清理一堆特殊垃圾，九龍城寨就是最好的地方。其餘的，我沒有補充。」

重華修正了彭博一點：「不，你錯了，他們是活不過九點。這次的刀鋸美人，不可能回復過來。」

聽此，陽天不可能忘記八歲時所見的驚心動魄。

獅子座同鄉會外，燒臘店的叉燒炳左手擒住了黑鬍湯瑪士的後頸，猛力提起，遞向前方，讓他看清楚自己將要接受的下場。

剛才，湯瑪士的三個同伴已被叉燒炳右手的兩把菜刀大卸八塊。詭異的是，每塊殘體仍充滿生命力地蠕動著，一旦與其他殘體觸碰，便會合併成新的形態，惡心無比。

叉燒炳問：「你喜歡雙併，還是三併？」湯瑪士被嚇至魂不附體，答不出話來，叉燒炳便不等他，兩把菜刀再表演一次「刀鋸美人」。

表演剛完，魚蛋工場的阿明咬住香煙來到，問：「阿炳，地上的那些渣滓，要不要替你燒成燒味，多賺一元八塊？」叉燒炳在抹乾淨菜刀，只是點頭示意隨你喜歡。

只要二人趕快完成清理城寨垃圾，便可以到送水輝的家打麻雀。

可是，二人知道送水輝要很晚才可以回來，因為他傍晚喝了三個大水箱的水，要從二十個奧羅拉口腔直接灌進去，直至水從他們身上所有孔洞流出，恐怕要再花一小時。

奧羅拉成員的罪行，在同鄉會完成大撤離之後，終於被城寨的地下法律制裁。

陽天心想，玉夫座的夫婦該已為女兒報仇了。

彭博從車窗內伸手向陽天：「我的代理人工作完成了，我們的敵對關係也完結了。」

陽天不理他，開門坐到重華旁邊的助手席。

彭博不厭其煩，繼續說：「佩服你啦，陽天。擁有這麼多黑隕石方磚，卻不做地球霸主，寧願造福他人。」

陽天從倒後鏡望了他一眼，以平常心回應：「作為臥底，我要瓦解城寨的罪惡；作為搜神局成員，就要解除地球上的外星危機。」

彭博和重華聽到這番話，竟然一起笑了。

陽天也打從心底笑出來，對二人說：「這一次清倉，笑面虎必定恨死我！」

彭博豎起拇指，說：「這才是人說的話嘛。」

紅色跑車自動開出，尾燈很快在機場跑道消失。

三人戰意未退，還餘下一個敵人——

笑面虎一直忌憚的「隱形強敵」，也就是歷任「北天王」的幕後黑手——靈石！

晚上八時正，九龍城寨的電力突然恢復過來。

正當每家每戶興高采烈之際，掛滿各大樓外牆的電線、電話線和電視天線的接線，突然被一股無可抗拒的力量扯向同一個目的地。

那裡是城寨所有電線的盡頭，密不見天的空間，本來織成天花的電線堆像有生命般自動解開，退往旁邊，拉開了一個得以讓月光照射進來的天窗。

血點斑斑的黯石沐浴了來自夜空的銀白光芒，與月同步，目的是引誘一位擁有「姮娥」基因的人前來。

五分鐘後，她來了。靈石只要完全支配她，便能如月亮一樣盈虧變化，永生不滅！

方舟之石

第14回

MMXI

差十分鐘便踏入零時，何漢聲在廿四小時營業的咖啡店坐了超過四小時，喝光的空杯早已被服務員收走，空盪盪的桌上沒遺下任何他消費過的痕跡。

在租金昂貴的市中心，這是店家一道既客氣又明確的「溫馨提示」：閣下已佔用座位良久，請再作消費。

何漢聲當然明白這個道理，一個成年男子不消費而佔用人家做生意的地方，完全說不上是得體的行為。

但作為自由接案設計師，要應付衣食住行林林總總的生活開支，口袋深度有限，每次掏出銀包前都不得不深思熟慮。

此刻，他對著手提電腦，把標語、說明文字以及今生可能也消費不起的奢侈品圖片，上上下下的反覆更換位置。他必須要在午夜十二時前把設計圖發給客戶，否則這個月的生活費將縮減好一部分，而且亦難以再討論往後的合作機會。

他懊惱地用店家提供的公用網絡搜索圖片，想到客戶模稜兩可的指示便洩氣：這是以女性為目標客戶的產品，視覺上要更突出產品的貴氣，以及營造浪漫溫馨的感覺。

跟產品的售價相比，何漢聲的勞動價值不過是其百分之一，而這樣每月排滿不同案件領取微薄薪水的日子，他已過了足足一整年……這不是他想要過的生活。

距離死線僅餘一小時，只要上網找一張月亮圖片加工放在產品後，設計便大功告成。

「要浪漫，那就把月亮拉到老大，再調一個光亮的暖色系吧。雖然老套得要死……」他一邊調整色溫，一邊抱怨，卻不知為何在這最後一步，設計卻翻來覆去怎看也不順眼。

苦惱間，咖啡店的空調更寒徹心脾，冷得頭腦無法思考。他把目光移向落地玻璃窗外，搜尋今夜的月色。

在密集的高樓大廈間，出現了銀白的半輪上弦月。

這時，一抹黑影忽然從月亮邊緣現出，快速蠶食月面。

何漢聲只道是自己眼花，茫然地看著月亮：一定是對著電腦太久，眼睛疲勞吧！但他繼續凝視，發現黑影的面積快速擴張，像有生命一樣，兩秒間，便把明亮的月色吞噬。

何漢聲從玻璃倒影中看到自己震驚得作不出聲的樣子，來不及有任何反應，最後一份淡白月色都在眼前被黑影所掩蓋。

他趕緊拿手機向窗外拍照，發現咖啡店裡其他人也做著相同的事，有人低頭飛快地發短訊或確認新聞，也有人跟電話對象議論紛紛。

他本想發帖到社群，卻給各大媒體同時推送消息的通知阻礙。他被迫逐一打開來看，到底這一刻發生了甚麼令人震驚的事情？

「【直播】月球突加速自轉　全球各地目擊天文異象」

「【有片】月球失控　海水暴漲　亞洲多國啟動海嘯警報」

「【突發】海水倒灌　堤壩失守　政府緊急疏散臨海居民」

種種月球失控所帶來的異象影片佔據網絡，一時間風聲鶴唳，宛如末世提早降臨。

「甚麼事……最後審判了麼？」

正想再往下拉之際，手機屏幕倏然漆黑一片，同時電腦竟自動關機了。

「我的設計！幹！真是撞邪！」

顧不得工作和生計，何漢聲草草收拾隨身物品，拔足離去。

當他踏出咖啡店門口，時間剛剛踏入零時。

「難道真的要滅世了？去年才有機械怪手空襲維多利亞港，現在又有黑月掛天……不是說好了二零二三年嗎？」

窗外，黑色半月彷彿透過玻璃滲來一股無形而巨大的不安感。

今夜，一定有大事發生！

「乾」開通了每個感應訊號，把它們壓縮到千分之一大小，敏銳度提升至極限。只要稍稍感應到任何網絡訊號，他便能遁入其中，從一個網絡連接另一個網絡逃去——不消半分

鐘，「乾」已越過逾千台手提電話、家用或公用電腦，以及無數個網絡熱點。

這是他的逃亡方式。

失去能於人類世界活動且具備強大能量的有機載體，此刻的「乾」僅是一束無形的、活躍度遠超人類的電波。雖沒有臉孔流露情感，但「乾」的意識像密集的閃電一樣飛快奔騰：祭師已經粉碎，陽昭在向明月的扶助下功力倍增，信眾已阻擋不了這對母子，研發經年的陽天軀殼亦已經……

「乾」憤怒、怨恨、驚愕、慌亂，這樣的敗走已不是第一次！

這勾起了他許久許久以前，仍在「母體」時的記憶……

「乾」的「母體」——阿雷斯彗星，是宇宙中猶如遊牧民族一樣的存在，它沒有意識，沒有慾念，只是一顆按既定軌道運行的彗星。

在航道上，按既定的時間，它會碰上不同的星體。

每一百二十九年，它會路過德斯頓彗星的軌跡，跟它像朋友一樣同步航行三年的時光。

每五百七十二年，祖克萊曼小彗星會按軌道與阿雷斯彗星交錯，並被它吸掉部分體積。

每七百一十七年，阿雷斯彗星會環繞那哥尼星七又七分一圈……

一切本來相安無事，卻不知從十億年前開始，木星附近打開了一個蟲洞出口，於是阿雷斯彗星變成每三百三十年運行進太陽系，並向地球直線推進。

它在太陽系移動的時間，約地球的三天。阿雷斯彗星移動時受到其他行星的引力所吸引，令外層不斷剝離出黑色碎片，有些會浮游在宇宙空間，有些則墮進入不同星體之內。

這些碎片宛如隕石從天而降，搜神局稱它們為黑隕石。

從一萬年前開始，阿雷斯彗星每次接近地球，都會受到地球的最前防線——月球背面的「姮娥」基地強力頑抗。但絕大對渺小，阿雷斯彗星從不放這反抗力量於眼內。

直至約二千年前，「姮娥」基地啟動研究千年的行星連珠炮，終於打進這顆災星，擊破其中一端，碎出了一小塊——想到此處，「乾」又不禁顫抖。

這塊飄浮宇宙的碎片，半透明的石質與黑隕石不盡相似，還擁有思考的能力——它正是「乾」的本來面貌。

「乾」清楚記得，從「母體」隕落的一刻，「姮娥」基地有張女性的臉孔正在監視。

阿雷斯彗星就此掠過地球，回歸木星附近的蟲洞離開，遺下了「乾」。

不久，從地球大氣層外的高維度空間飛出兩個巨大人形機械生命體，花了十個地球小時，毀滅了月背的「姮娥」基地。

而「乾」受到地球的引力所吸引，逐漸靠近地球的大氣層。

在某一刻，它感應到南海附近的半島地底下有一顆巨型黑隕石的存在，便借用地球的引力衝進大氣層，受到高熱磨擦只剩餘一小塊，落到那目的地，埋在地表淺層。

這片土地進行過多次流血鬥爭，它接觸了人類的鮮血，開始懂得人類思考。

清朝末年，它被挖掘出來，藉著展示文盲識字的奇跡，引誘人類把自己供奉為靈石，從而獲得更多鮮血，持續進化。

時代變遷，靈石慢慢遭世人忽略。日佔時代，它被冷落城內一隅。

六十年代中期，靈石透過多幢大廈的電線網絡監控九龍城寨，洞悉所有人事關係，例如它竊聽到有男人違誓，便施予違誓的懲罰，控制受感染異化的老鼠群把男人咬死。

隨著得到的鮮血越來越多，靈石開始不需要群眾供奉，慢慢自行進化成為神。

七十年代初，電線及電話線完全掌握了整個城寨的動態資料，靈石反過來利用不同人的慾望，例如協助地球人呂烈成為了城寨北天王，幫忙女木星人重華為地球人續命一年，以換取他們的效忠。

在一九八八年，一個金髮的超常人類帶同靈石和一把青銅古弓離開了九龍城寨，潛伏三十年。期間，靈石操縱金髮男人的意識，用陽天的血滴慢慢培養出有機載體「陽天」。

在互聯網時代，靈石大幅進化，礙於受搜神局的追蹤，一直藏在金髮男人的體內，絕少出現於人世，同時聯繫有財有勢的社會人物，發展出「乾」宗教，目的是借信眾成為他的手腳，尋找啟動「陽天」這有機載體的方法。

二零二三年即將來臨，靈石要設法在那時候回到阿雷斯彗星，否則便會與地球一起化成星塵，黯滅於宇宙之中。

「乾」逃進一間咖啡店的公用網絡，幸好在這個擁有超過五百萬台手提電話的發達城市，無線網絡隨處可見，不愁沒有逃走路徑，但他依然不敢掉以輕心。

這時，網絡忽然出現大量雜訊，嚴重干擾「乾」接受訊號的能力。

「一定是那女人！」「乾」恨得咬牙切齒。

咖啡店內，靠窗而坐的男人望著天空，冷汗直冒，「乾」清楚感受到他心跳加速的聲響。「乾」雖然沒有眼睛，但電波正面臨排山倒海的干擾，彷彿能看見巨大可怕的黑月在施放力量！

「甚麼事……最後審判了麼？」男人喃喃自語。

「乾」的不安如被黑月籠罩一樣，他把自己分散成無數電波，每一束微意識再分別遁入不同的網絡迷陣中，形成多重意識分身。

但黑夜助長了向明月的力量，即使沒有身體，「乾」仍感受到身後的亦步亦趨！

其中一束意識分身在男子的電腦內發現月亮圖像，「乾」電波一跳，即時入侵其中，將電腦毀壞。他高速運算接下來的步伐：若只隱匿在這城市的網絡裡，被找到的風險太高。必須想辦法離開這座城市，去其他埋藏黑隕石力量的地方！

富麗堂皇的餐廳裡，琉璃吊燈映照一室浪漫朦朧的氣氛。光影下，一隊穿著懷舊服飾的樂隊正演奏著經典流行曲。舞池中，男的西裝畢挺，女的衣著華美，一對對沉醉在音樂中翩翩起舞，其餘同樣打扮顯貴的賓客則在池邊舉杯暢飲。

「有見到那個M小姐嗎？我肯定她的下巴是假的！」

「她下巴假不假我看不出，不過她的愛馬仕手袋我肯定是真的！兩星期前才在巴黎時裝周亮相，她居然這麼快就弄到手！」

「不是吧？那手袋聽聞要六位數字呢！而且全港不超過二十個！做網紅真的這麼掘金嗎？」

舞池邊，幾個行政裝束的年輕女子在竊竊私語。

為了顯示投入活動，她們臉上綻放著笑容，腳步甚至跟隨音樂輕輕擺動，但嚕嗦還是沒完沒了。

「快十二時了，他們甚麼時候才捨得滾回房睡啊……」

「對呀，已經整個下午飲飽食醉，現在還未玩夠，真不知怎樣可以對著他們一星期……」

「算吧，怎說你們都不及卡雯慘，她真是被上司『陷害』才會在這裡受難。人家都未出聲，妳們吵甚麼？」

那容色清麗，叫卡雯的女子滿腹心事，默然的站著，沒有投入同事的討論。

職責所在，她需要留到活動結束，看著每位賓客離去方算完成一天的工作。但她的心思，早已飛到九霄雲外。

這是城內某著名遊輪公司旗下一艘豪華遊輪的首航，為隆重其事，公司邀請不少知名人士及網絡紅人上船體驗，並安排了數之不盡的活動讓他們盡興。

以億元打造的遊輪，航行時平穩如在陸地。再過十多分鐘，遊輪便會離開香港水域，向新加坡進發。

好不容易捱到活動結束，卡雯堆起笑容歡送賓客後，沉重地返回自己的單人房。她打開手機的通訊程式——現在是零時一分，一小時前發出的短訊，對方已讀不回，而此刻的狀態是「在線上」。

卡雯心亂如麻，不知應否再發短訊。

她知道男友正為一趟臨時的公幹而煩惱，她原本打算放工後給男友送機，面對面把一些問題說清楚，結果卻因上司的一句話，算盤全被打亂。

她懶理臉上的妝容，絕望地軟癱在床上：六年感情，難道真敵不過「七年之癢」？

想著過去的片段，胸口越見苦悶，甚至產生了昏沉作嘔的感覺。胡思亂想之際，房間傳來廣播：「鑑於海面有不尋常湧浪，為安全起見，遊輪將駛回香港郵輪碼頭，待海面回復平靜，我們會再次為閣下展開旅程。不便之處，敬請原諒。」

對不畏風浪的大型遊輪而言，這實是罕見的狀況。卡雯從床上爬起，試圖走到露台察看海面情況，卻發現自己竟走不到一條直線——船身正左右搖擺，難怪她會有作嘔的感覺。

她推開露台玻璃，沙沙的浪濤聲激烈地湧進耳鼓，放眼望去，尚未離開香港水域的海面上，竟揚起一排排急勁的白頭浪，兇狠地拍打船身。

水平線上，半輪巨大的黑月掛在天邊，讓人錯覺她是一個巨型閉路電視，正滴水不漏地監視地球。

「【有片】月球失控　海水暴漲　亞洲多國啟動海嘯警報」

卡雯這時才留意到差不多兩分鐘前的新聞推送，納悶地想：「甚麼叫月球失控？」這時船身又一下傾側，胃裡的酸液終於無法抑止地湧上喉頭。

卡雯衝進了洗手間，但行政服上已沾了嘔吐物。她走進浴室，溫熱的水柱從頭澆到腳上，心想：「如果他可以發一個短訊來關心一下，該多好！」

這樣的念頭隨即被另一個自己恥笑：「真是可憐的女人！都發展到這一步，還在奢想男人的回心轉意！」眼淚混進水裡，流到排水口。

浴室被蒸氣填滿，卡雯裹著毛巾，驚見水氣迷濛的鏡上寫了一行字：

「你想要的，我都可以幫你實現。」

卡雯放聲尖叫，瘋狂抹走鏡上的水氣，但水氣瞬間又凝聚起來，怎麼也抹不掉，她只覺全身如墮冰窖，恐懼如一頭龐然猛獸一樣把她咬噬撕碎。

她全身發抖，忍住叫聲，捉緊毛巾，想立即走出浴室。

情急下，她用盡全力也拉不開浴室門，完全忘記了解鎖這回事。

她不敢再正視鏡子半眼，眼角的餘光卻把自己在鏡子裡晃動的身影，錯看成有人將要破鏡而出，嚇得險些站不穩。

「誰！」她用盡全身力氣向鏡子暴喝。

這時，鏡上的字句再次改變。「我是神，千百年來已替無數人達成心願。」

恐懼的極致會令人豁出去，卡雯繼續暴喝，為自己壯膽：「如果你是神，幹嘛不向我顯現！夠膽就放馬過來！」可惜，「過來」兩字的發音已震得不成話語。

「妳不是在想念男朋友嗎？」

卡雯一時語塞，忘記了呼吸。它怎麼會知道這事？她不斷搖頭，告訴自己不能再聽。

「我太清楚人類的慾望了。為錢財，為權力，為感情的，我見過太多。例如，妳想離開現在的困局，找回自己的自由天地。」

卡雯崩潰了，淚無法抑止地流，已分不清是為著恐懼還是傷心。

「妳期待妳的男朋友，也是妳最後的男人，可以在末日前與妳過著曾約好的生活。」

她彷彿被這個「神」解下了所有心防，看透了內心。但她不知道，這些訊息都是「神」由她手機儲存的內容所組織起來的。

突然，手機發出了提示音，來自網上銀行的訊息，顯示有一筆七位數字的款項剛存入她的私人戶口。手機差點從她發抖的手裡跌出來。

「想要更多嗎？」

卡雯不自覺地走近鏡子。

「妳現在要做的事很簡單。」

卡雯看著被水氣覆蓋的鏡面，一個個字在當中透現。

把・我・傳・送・過・去。

第十五回

真身

晚上八時十分，九龍城寨過千部電視機同時收到奇怪的訊號，電視畫面先是出現大量雪花，播出「嗚嘩嗚嘩」的刺耳聲響，十秒之後，閃過一個古服男子舉箭射向一位飛向月亮的女子，這時畫面中斷，之後再收不到任何訊號。

陽天、重華和彭博來到電線和電話線交纏的小巷盡頭之前，通道兩邊的線材直延伸至前方，遠處傳來砂石碎裂的巨響。

三人走到終點，看見前方那塊靈石懸浮在半空，無數線材以它為核心旋動，並纏繞成為一個軀體，再織出頭部和四肢，轉眼間繞成一個高約二十呎的巨大人形。

巨人右手挾持著昏迷未醒的向明月，在陽天等人面前，把她埋進線材堆成的身體內。

陽天正欲衝前相救，卻被重華攔止：「這是靈石積累百年的力量，他本來覬覦『笑面虎的寶藏』來達成慾望，現在恨你出清了黑隕石方磚，令他無法變成有機活體。」

此刻，巨人正在搜尋他曾收集過的血滴中最強大的基因，構成其身體的電線開始蠕動起來，不斷改變位置和纏繞的方法，其身高和輪廓竟漸漸趨近木星人「太歲」。

重華強作笑容，心底卻泛起了不祥的預感，說：「靈石，你太看重我了。」

巨人雙臂一振，吸盡整座城寨的電力，全城再次陷於一片黑暗之中。

龐大的電能輸入靈石，由內部釋放出極亮和極熱的衝擊，刺目強光令陽天和彭博下意識伸手遮眼，同時感到一股火燒的高熱快要燃燒自己的衣衫，腳邊的紙屑也瞬間被燒成灰燼。

人影一晃，重華捨身擋在陽天和彭博前面，使出反氣旋風暴，同時破喉大叫：「小心，是『第二個太陽』！」

這是木星人重華的終極絕招，但和她必須用自身的生命來燃點光和熱相比，靈石卻能毫無顧忌地施展，即使是重華的「木星大紅斑」也只能減低「第二個太陽」的三成威力。

突然，一隻左手從後攬過重華的腰間，扯開了她。

重華只見一個背影擋在身前，不理身上西服起火，雙手祭出唯一的絕招，有如兩朵綻放的血紅薔薇，竟然減低了「第二個太陽」的五成威力。

背影的上衣被巨人的熱光燒成飛屑，露出了地球與木星混血兒的真正形態，浮動著宛如木星表面花紋的皮膚。

他不顧平時最重要的儀容，只因靈石傷害了他世上唯一的血親。

彭博雙手的花紋劇烈浮動，推動著兩組木星大紅斑，一邊抵擋，一邊向後回頭，大急地說：「陽天，你還在呆甚麼！」

靈石的霸道光照，在陽天的眼中，就跟真正的太陽無異。

他流著羿的血，所以要提弓射日。

木星本是太陽分裂出來的一部分，獨立成為行星之後，雖然外部冷卻，但由於木星內部存在熱核能源，變得越來越熱，釋放更多的能量。釋放的速度也將進一步加快，並積累起來，達至能自己發熱、發光的地步，最終變成太陽系的第二個太陽。

「要有射下太陽的勇氣。」這是他刻在心中的座右銘。

陽天右手提起太陽輪弓，左手運起了陰極陽生的箭氣。

可是，在旁的重華搖了搖頭，伸出右手，屈起拇指和尾指，向陽天示範秒間變換八卦卦象。

陽天登時心領神會，聚氣不一定左手陽右手陰，即使只有一手，也能用手指隨心生成陰陽。

於是，他右手三陰二陽聚成了氣箭，瞬間拉弦，瞄準最熱最光的核心。

重華和彭博傾盡全力，才為陽天爭取到這麼一剎那攻擊的機會。十個太陽他也不怕，豈會怕這招「第二個太陽」？

太陽輪弓承認了他這位羿的身份，發揮出古蜀國黑科技百分之百的威力。

太極氣箭咻聲飛射而出，無懼「第二個太陽」的光和熱，無視衝擊能量，挾著陽天對正義的固執，貫穿巨人體內重重糾結的電線網，一擊射破核心，餘勢不止，破背部而出，扯開過千條電線。

光熱立時收斂，巨人瘋狂擺動，似要塌下，但電線驀地亂繞，再次重組成人形。

突然，陽天在亂線之間看見了昏迷的向明月，便急忙拉著電線，攀上巨人身體，同時不斷大叫：「阿月！阿月！」

向明月聞聲醒了，邊掙扎邊回應：「陽天——！」

二人就在三呎之距，他撲前伸手，希望能抓住她。

就差一吋許，亂線忽然翻騰，再將向明月淹沒其中，陽天只聽見她的驚叫聲急遽遠離。

此時，靈石的一端忽然浮出巨人表層，顯現在陽天前方。

陽天連忙掙扎，提弓挺箭，瞄向靈石。

可是，靈石卻閃出黯芒，沉回電線堆裡，同時電線無定向地流動起來，想要纏著他。

陽天躍離巨人的身體，只見巨人雙手猛力扯動四周的電線，如流水瀉地，剎那間分成了兩道左右迴旋的主流，一正一反滾滾滔滔，最後匯流在一起。

此情景叫陽天心中一凜，靈石透過自己的基因學習和進化，操縱電線化成太極圈，正如傳說中伏羲登黃河洛水高地，觀水流而推算出太極圖。

巨人站在電線太極圈中央，與能量融合，渾身線材正反流動，身形增高至三十呎。

巨人一旦形成，便瘋狂地從兩幢大廈的隙縫衝出，不再與三人糾纏，邊咆哮邊撞破兩旁大廈的鐵花籠和窗戶，住客皆被突如其來的意外嚇得呆住當場。

相傳伏羲登黃河畔、洛水旁的高地，觀黃河之水西來東去，看白色洛水西南而來，黃白二水在此相匯，扭成一個不相混濁的漩渦。伏羲憑眼前生生不息的自然景觀，推算出太極圖。

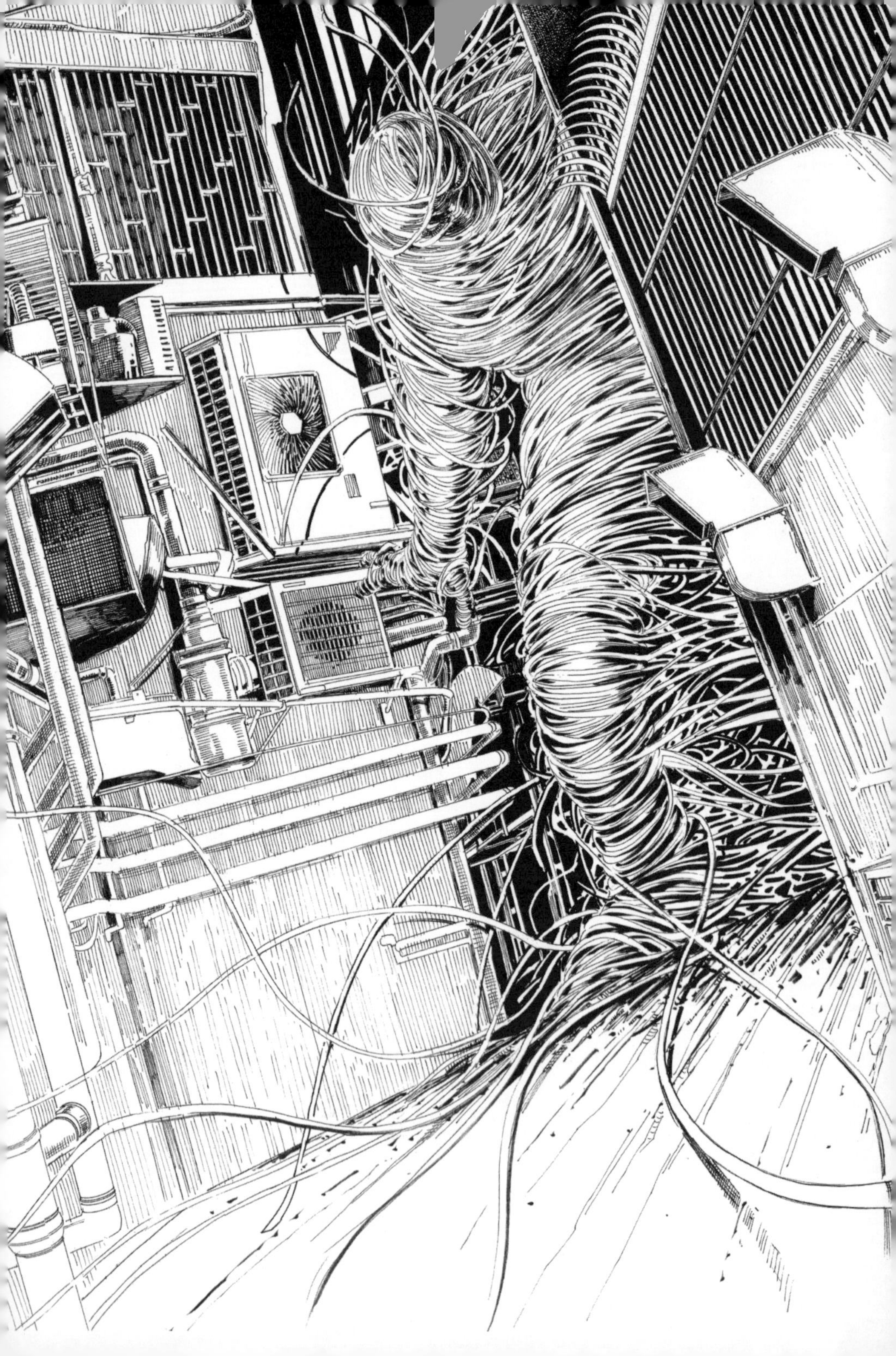

花盆和晾衣竹等雜物被震落，一塊從大廈外牆剝落的巨型水泥，砸斃了正在逃命的奧羅拉，更堵住了樓下的雜貨店門口，一對相依為命的老婆婆和孫女被困，互抱痛哭。

「不用怕，我在。」門外話音剛落，水泥塊化成粉碎，老婆婆護著愛孫，小心翼翼地探頭張望，空無一人，但她認得，那是大家姐的聲音。

巨人跑步的震動，叫不遠的豆腐工場內一個晚班師傅，好奇地出來看個究竟。剛踏出門外，突然眼前一黑，就被巨人踢飛到老遠的垃圾堆去，周遭水溝的蛇蟲鼠蟻受驚湧出，爬過他的屍體四散。

不少居民聽到遠處傳來的不明咆哮聲，紛紛往反方向逃走，可惜巷窄人多，其中一個十字巷口發生了人踩人的慘劇。

幸好，陽天等人追著巨人而來，重華左手一揮，收斂力量的「行星環」溫柔地扯開了踩人的居民，陽天和彭博立即扶起地上傷者。

可是，陽天泛起了不祥的預感，心想：「可惡！他不是要逃走，而是在尋找！」

果然，三人繼續追著巨人，來到了大井街附近的地上裂縫，那裡正是城寨內的「公共水龍頭」。

他伸出大量電線，強行塞進裂縫內，直達源頭，汲取殘餘的黑石能量。陽天趕到時，靈石的尖端從巨人的前額鑽出來，亢奮地閃動黯芒，雙手的亂線扭開，分散成一根根，插進身旁大廈，再扯出裡面千多條電線，增強自身的構造。

陽天看穿了巨人的意圖，急忙躍至他龐大的身軀，拉弓瞄準額前的靈石。

可是，就在陽天瞄準的時候，於巨人的心臟位置露出了向明月的頭部。

陽天分了神，握弓的手一鬆，過百條電線同時飛襲而來，像百隻有意識的手般纏著青銅弓，瘋狂想要扯走。

這才是靈石的真正目標！想到了真相，陽天抓緊太陽輪弓，奪弓的電線越發瘋狂。

巨人冷不防射出兩大束電線，正反旋動化成太極圈，如陰陽二魚互相追逐，倏地破圈而出，狀似牙齒銳利的巨鯊，張口飛噬陽天。

幸好，及時趕來的重華催動超高壓，壓碎了陰魚；彭博雙掌一合，綻放出一大朵血紅薔薇，毀滅了陽魚。

重華心知青銅弓是陽天的勝利關鍵，弓不可失。

可是，一番糾纏下，巨人順利得到了更多的電線，登時暴增至四十呎高，同時也吸收了更多金屬物質，加固形態。

重華和彭博合力切斷那些奪弓的電線，但新一批電線隨即擋住二人，另一批立即接上了原來的斷線，不斷與陽天角力，務求令陽天有一刻鬆懈下來。

但是，陽天卻要兵行險著——啪的一聲，太陽輪弓脫手飛出！

靈石把握著這難得的機會，傾出全身三成的電線，宛如巨浪吞掉了青銅弓，又如退潮般把弓帶走。

彭博一見古弓被奪走，立即大叫：「別給它走！」

陽天一直觀察電線攻擊的移動之勢，趁著奪弓的騷動，誘使糾纏著向明月的電線稍微鬆開，隨即拚盡所有力量，飛身撲救，並破喉大叫：「阿月！快走啊！」

這時，向明月上半身已重獲自由，但她沒有掙扎鬆綁，只是閉目揚起右手，一束銀白色月光直照而下。

舉手向月，人月感應。

重華抬頭望著她，感慨：「終於進入最後的境地了嗎？」

靈石也湧現了不祥預感，立即命巨人收緊電線勒死她，可是遲了一步，向明月的手扯動夜雲掩月，全身映現陰暗的銀光，糾纏著她下半身的剩餘電線登時寸寸斷裂。

向明月的神情無比陰冷，正是晦月之相。

她浮在半空，不理陽天，只盯著巨人額前的靈石。

靈石感應到眼前這位姮娥後裔的陣陣殺意，從前額潛回巨大的身體內。

向明月揮手發出一道晦暗銀光，追蹤著巨人體內亂竄的靈石照射，於全身遊走，銀光所過之處，火花和電流的爆發此起彼落，不消十秒，整個高達四十呎的巨人分崩離析。

「Cool啊！」彭博看著向明月的突變，不禁喝彩。

重華不發一言，她當初教導向明月這種與星同體的力量，就是想她有能力自保，然而月亮的變化深不可測，完全無法猜出她的下一步。

地面一陣震盪，巨人倒塌，冒起了濃烈的黑煙和嗆鼻的味道，波及附近民居。

向明月緩緩降落在火電交加的巨人身體上，冷冷回望陽天。

陽天領悟到，眼前人已不再是原來的她了……

向明月雙手按著巨人身體，火更烈，電更盛，沿著浪潮起伏的電線伸向四周街巷，整個大井街成了一片火海。

陽天無暇繼續消沉，打量四周，去年塌方的地盤距這裡不遠，若果今次戰鬥再次導致塌樓，必然會引起骨牌效應，釀成規模更大的事故，死傷人數難以估計。

向明月見靈石在亂線堆中一閃而逝，瞳孔擴大，冷酷的臉孔添上怒意。

她右手再度揚起，夜空的黑雲吞掉月亮。失去月光，晦月之力全聚在她身上。一陣又一陣的波動，不止推向現場三人，就連附近大廈的鐵花籠都被震得轟轟作響。

「美女，妳會毀了我阿爸的心血啊，不如——」彭博裝作輕挑，欲上前協助，卻給重華攔住，並用視線示意他望向陽天。

彭博回頭，只見陽天已毫不猶豫地合上雙掌，兩股正反力量排斥，發出嗞啪嗞啪的刺耳聲。

可是，向明月的力量彷彿呼應陽天似的跟著提高，陽天也只得繼續催谷自己，達至前所未有的頂點，但不一會，向明月的力量又再次超越他……

一次又一次互相提升的波動，引起了靈石的好奇。他藏在亂線堆中，悄悄操縱電線移開一道隙縫，卻竟窺見——

陽天神情漠然，雙手一合，放出太極氣箭，毫不留情地射中向明月心坎，身旁二人想阻止也來不及。

靈石見狀，判斷這個無情的有機活體，比笑面虎的寶藏更為珍貴。

可是，任靈石的計算何等精密，也無法理解這無情的一箭，其實是一對矢志不渝的愛侶之間的默契——

姮娥奔月，必須藉羿的箭勁加速升空。

向明月不閃不避，接受那股再三推破極限的箭勁，借勢翻身疾飛，撞向背後的電線堆，一陣巨響，電線如萬條飛龍躍動，一齊帶著熊熊火焰飛升天上，像剝繭抽絲般，現出靈石藏匿的位置。

「右前方二十呎！」向明月對準目標，極速衝前，空氣也被壓出砰砰的爆炸聲音。靈石只得控制一層又一層的電線來抵擋，但對著晦月之力，所有抵抗都是徒然。

在火海中，數不清的電線四周飛射，陽天和彭博同時追上中心最激烈的一處，只見向明月強行捧起靈石，重重摔在地上，半透半黯的石面出現了一道深深的裂痕。

向明月臉上罩著晦暗的神色，雙手伸向石上的裂痕，猛喝一聲，三呎高的靈石登時被破開兩半，碎石四濺，只餘下兩塊約呎多的石頭殘留在地。

向明月冷冷地說：「一切都完結了。」眾人無言以對，只不過她不知道，破毀靈石已引起了另一個危機。

在四周火舌明滅不定的照耀下，石頭的斷面竟然出現了密密麻麻、異常複雜的粒狀花紋。

重華上前兩步，彎腰進行觀察，一邊向眾人解釋：「啊，這些『訊息』——」

可是，「息」字還未說完，她就大力抱著頭，雙膝跪地，發出痛苦的叫聲。

她強忍痛楚，竭力地說：「不⋯⋯不要看⋯⋯」

可惜，彭博已不經意地瞥見其中一粒符號，過億條的訊息登時傳入大腦，衝擊他的意識，有如江河缺堤，完全不能制止。彭博七孔溢血，跌撞幾步，才穩住沒有跪倒。

向明月雖急忙閉眼，但仍遭石上的「訊息」干擾，身上的晦月之力急遽散失，回復本來虛弱的身軀，軟攤在地。

陽天身處突發險境，只得閉目催動僅存的氣力，希望一箭射毀靈石殘體，停止那足以殺人於無形的「訊息」。

他思潮清靜，腦海湧出了一段小時候學太極拳的情景。老師傅銜著國產香煙，說：「若太極也打不過的話，便回到無極吧。」此句來自老子《道德經》：「為天下式常德不忒，復歸於無極。」

如何回到虛空的無極境界呢？陽天已提不起手，無力抵抗了，只不過，仍有一絲從外來的訊息勾住了他。「與我合為一，便可回到母體。」

母體，陽天接收到這個詞的瞬間，萬段影像在腦中飛閃而過，一個有若香港全境般大的暗黑星體，穿梭無盡的星海，所過之處盡皆死寂，引起延綿百萬里的宇宙天火……

陽天知道，這是靈石想乘虛而入，但他越是頑強抵抗，靈石的誘惑就越強大。

只要靈石得到他這個有機活體，便能自由移動，伺機回到母體——災星阿雷斯。

場上響起踩著石礫的腳步聲，有人逐步走到其中一塊殘石，是仍未倒下的彭博。

他豎雙指於眼前，說：「盲了，就不會受你這爛石干擾……」兩位美女快要死了，陽天也不行了，彭博只得一搏。

「我的名字，本來是搏命的搏！」

正當彭博準備自毀雙目之際，卻見有一個人輕鬆地從身旁越過，毫無顧忌便捧起其中一塊殘石，朝向另一塊，一下又一下敲擊下去。靈石的精神攻擊一時減弱，其他人才有餘力睜開眼睛。

只見那人像是月亮上的玉兔在搗藥，赫然是半癡半呆的阿水。

阿水每擊中靈石一下，石上的訊息都直接攻擊著他的意識。可是，阿水大腦空空，所有訊息都如泥牛入海，消失於無形。

陽天無比訝異，阿水竟能常人所不能，莫非這就是無極的境界？

不消三十秒，靈石已粉碎滿地，陽天、彭博和重華不敢再輕敵，氣箭和大紅斑同時出手，集中攻擊地上僅餘的碎片。

漫天飛塵散去，靈石灰飛煙滅。

「阿水，別走太快啊！」此時，孫行土才追上來，見陽天等人全都累倒在地，只有阿水像吃飽便睡般大字躺在地上，完全不知他剛剛解除了靈石的重大威脅。

陽天苦笑：「……老孫，你為何每次都是走最慢的呢？」

這句玩笑，猶如宣告戰鬥終於結束。

但是在場沒有人察覺到，早在阿水第一次捧起靈石擊下時，撞出了一點石粉，飄落到附近的線材堆上，乘勢融入其中一條斷線的線芯中……

天台上的一隅，金髮彼得雙手抱膝，不斷氣喘，就算剛才被追殺得灰塵撲面，也難掩比紙更白的臉色。

他知道自己快要死了，但他無法忘記保羅如何被外星人的怪口吸乾了一點一滴脂肪，只餘下一個毫無生氣的皮囊，馬利受不住保羅的死狀，從這天台跳了下去。

無論如何，他要通知51區的指揮部，舉報彭博犧牲了整支奧羅拉的罪行。

彼得好不容易在亂線堆中找到了一條電話線，線身有著風吹雨打的痕跡。

他要爭取生命最後幾十秒，務求借用電話訊號傳送多重封鎖的暗碼，讓事實曝光。

至今，他依然信任51區。

電話線的線芯與彼得的腦波傳訊機接上，一秒後，傳來接不通的咕咕聲迴響，唯有再撥一次，這次很快就接通了。

正當他如獲新生之際，才聽清楚那不是正常接通的嘟嘟聲，而是非常複雜的噪音，像有萬億種訊息直湧過來。他想拔線，但卻身不由己，欲罷不能。

彼得的臉色，由慘白漸化黯淡。

不知何時，「彼得」終於自由自在離開了九龍城寨，手上還提著從亂線堆中找出的青銅弓。

在平息圍繞奧羅拉和靈石的風波之後，見道特意從吉隆坡來香港，目的是研究靈石上的神秘文字。

可是他也難以解讀這些二個字符裡包含過億訊息的神秘文字，只好帶著靈石碎片連同依然癡呆的阿水，回到位於印度的搜神局亞洲總部慢慢研究。

在啟德機場的看台，孫行土看著前面的跑道，一直幻想陽天那場星際大逃亡到底何等壯觀。在旁的陽天，則滿懷心事似的背靠欄杆。

孫行土隨口說：「南北兩大勢力都與你結盟了，你還會不會回警署復職？」

陽天毫不猶豫地回答：「遲一點吧！」說後從欄杆一撐起身，逕自離開。

孫行土沒有追上去，也沒有問原因，只叮囑他：「小子，記得晚上回來一起宵夜。」

陽天獨自前往尖沙咀東部，一座可以看見獅子山的商業大廈頂樓。

這是「秦皇地產」的會議室，在座除了「東天王」秦豪，還有「南天王」彭博，以及正式繼位「北天王」的重華。

今天，「城寨四天王」久違地聚首一堂。

「東天王」秦豪當初卸下「城寨皇帝」之名，發展以地產為骨幹的「秦皇地產」，但他也想不到，只離開了城寨一年多，便要再度插手當地的事。

他的語氣依然豪氣干雲：「四天王不是談買賣，竟然是談義舉。啊啊啊！」

在九龍城寨清拆之前，安置未能離開的外星群族。這是陽天提出的義舉。

秦豪見慣江湖風浪，城寨內的千奇百怪，他又何嘗不知？

「願意留在獅子山下，就是自己人。哪有分是甚麼人！」

秦豪在此地土生土長，見過很多南來的過客，有些覺得無根，黯然而去，但也有小部分人落地生根。所以，他不會理會他們的名字、身份和來歷，只是盡自己所能，做該做的事。

彭博一直沒有說話，只是遠眺獅子山，懷念山下那個遊樂場。

突然，他回頭望重華，說：「媽，您不要無時無刻偷看我的思想！」

重華咬住長桿煙斗，身穿紫色高衩旗袍，冷笑：「哈哈，可笑。我在看你是不是缺乏母愛，才一直叫我做媽媽？依木星的倫理來說，我是你的……大家姐！」

彭博不肯相信現實，拍桌咆哮：「怎可能是大家姐？我家那對孿生的，是白癡啊！」

陽天拍拍彭博的肩膀，說：「別忘了，我是黑社會，你是貴公子，別搶了人家的角色。」說後離開辦公室，做回男朋友的角色。

當天黃昏，陽天與向明月來到了太平山的石龜，探查黑隕石能量。

這不過是藉口而已。事實上，這對情侶很久沒有騎電單車兜風了。

陽天故意選擇黃昏前來，只要在山頂的涼亭多留一會，二人便可以看到日本遊客最愛的「一百萬元夜景」。

兩人坐在涼亭的長凳上，互相依偎，看著山下維港景色，良久無話。

陽天忽然想起了太極拳的攻守精要，「以己依人，務要知己；以己黏人，必須知人」，男女情愛，知己知彼，又何嘗不是這樣？

於是，他嘗試尋找話題：「嗯，阿月，我們好不好到外國玩？例如：東京？聽說在JR山手線的車站，有很多妖怪傳說。或是，泰國曼谷也好玩……」

向明月想了一下，說：「嗯，我的論文快要交了，不如過了這年底再說吧。」

這話題談不下去，繼續再找吧。

陽天又問：「知道見道的事情嗎？」

這次，向明月似有興趣：「你之前說過一二啦。」

別人的八卦，是萬試萬靈的話題，尤其男女之情。

陽天見機不可失，立即接著說：「之前，我不是叫他到吉隆坡找他心儀的女孩嗎？見道照做無誤，上星期帶了一些印度罕有的草藥去作手信。結果，他與那位夢中情人，在她家族開的華人醫館門前大打出手。想不到啊！」

向明月沒有太大的反應。

陽天加鹽加醋地說：「原來那位林小姐不喜歡見道自以為是的個性，最叫見道不服的，是她悻悻地說，不願再聽到『見道』任何一個字。見道也心有不甘，發誓永遠不會忘記她的名字『林英』，孫行土曾叮囑，以後與他談話時要小心，別提起林字和英字。」

向明月只是笑了一笑而已。

陽天終於找到心底話的切入點：「二人的緣份終有一天會撮合，就如我們——」

這時，最後一線太陽沉下，月亮再次成為晚空的王者。

向明月抬起頭，若有所思地向月亮伸手。

「陽天，你也看過月球背後的遺蹟吧……我…也許就是從那裡來的……」說時，她望著天上的月亮，往記憶的深處潛進遠古，或是更悠久的年代。

無論向明月說甚麼，陽天也願意聽。

「姮娥，不止是姓和名，也是月球背面的一個國度，全是陰性生命體……就是我現下的這副軀體。」

向明月臉上露出深不可測的神色，繼續說：「所有從月球回到地球繁衍的女人，都是姮娥，或是其他名字…輝夜姬…斑竹……」

日本的輝夜姬、藏族的斑竹姑娘等月來者神話，撇除地域不同的元素，她們都是坐著竹子型仙槎來到地球，像姮娥一樣找到心愛的男人交配之後，便設法回歸月球。

「姮娥寂寞地居住在地球看不見的月球背面，那是等待，希望復興祖國『歸墟』。」

陽天立即想起搜神局的機密文件記載，歸墟是地球上一次文明時代的海底王國，王都和城邦遍佈七海，是地球當時最大的國度。那麼，月球背面的姮娥國度，便有可能是從海底王國「歸墟」分裂出來的。

向明月說的內容，幾乎橫跨所有創世神話，陽天很認真地聽，全記錄在心中。

海底王國「歸墟」是地球當時的文明之源。

一天，阿雷斯彗星停在地球大氣層外。

以帝釋為首的機械生命體「天龍八部眾」，宣佈地球成為用作生物實驗的星際牧場，必須完全清空，不留任何物種的痕跡，只容許「歸墟」的陰性生命體逃離地球，於月球背面建立「姮娥」基地。

之後，他們改變地軸的傾斜度，引致全球大洪水消滅所有生命。

當牧場成功培育出實驗生物「人類」之後，天龍八部眾便以神明自居，從地球表面移居至高維度空間，繼續監視牧場的運作。如出現偏差，便會來一次大終結。

自神明與人類絕天地通之後，「姮娥」的後裔便偷偷回到地球，與實驗生物中的陽性個

《列子·湯問》:「渤海之東，不知幾億萬里，有大壑焉，實惟無底之谷，其下無底，名曰歸墟。」

體繁衍，務求孕育出新品種的歸墟人復國。完成任務的「姮娥」必須通過不同方法「奔月」回去，否則便要留在地球老死。

如日本的輝夜姬和四川藏族的斑竹姑娘，「奔月」是祖先遺傳在基因的使命，向明月也不例外。

可是，在二千年前，「姮娥」基地被八部眾的乾闥婆和迦樓羅所滅，「姮娥」後裔只得流落地球。

從第一對羿與姮娥開始，兩者的基因早被設定成亦友亦敵的模式。從遠古至今經歷了五千年，有著數不清的羿與姮娥，無論二人各走天涯海角，終會走在一起，但是結果從來無可改變。

聽過關於姮娥的種種事蹟，陽天感到一份積累了不知多少個千萬年的悲涼，現在就落在自己的愛人身上。

向明月不帶半分感情地道出二人的宿命，給這個現代的羿一個警告。

「射日之羿死於地球，姮娥奔月不死。」

只是，陽天不顧一切，深深抱緊向明月。縱有萬分難受，他的心還是堅定不移。

「一切後果由我承受就行了。」

到底在過去，有多少對羿與姮娥能逃過宿命呢？

第16回

黑暗之路

在太平洋的赤道上，一艘有黑隕石標記的搜神局運輸機飛越大海。

身為亞洲總部長的見道，累極地在座位上半睡半醒。距離目的地還有十五分鐘，他就要跳傘降落一個無名孤島。

在兩天前，從那個座標忽然有一陣強烈的黑隕石反應傳出，懷疑是暗黑搜神局分子聚集，有必要前去調查。

至於阿水要用神明語言封鎖整個香港網絡，阻止靈石離開，就由他自由發揮吧，這方面見道真的望塵莫及。

所謂神明語言，就是刻在靈石內的符文，每個符文包含著一千兆字元的資料，形成一道看似微小但陷阱重重的閘門，防守所有離開香港的有線和無線網絡。

靈石的精神意念體「乾」一旦進入這閘門，就如逼它進入死角。

陽昭估計靈石不會輕易就範，必定會躲進任何一部電腦裝置，伺機再動。

可是，跟以前等了三十年不同，現在靈石只餘下不足一千日……

只不過，香港擁有超過三千萬部電腦裝置，要追蹤他到底會潛藏在哪一部，會是大海撈針嗎？

機場，是離開和回來的地方。

晚上十一時四十分，有一個香港男人拿著手提袋，短跑般衝到赤鱲角機場四十八號閘口，出示了手機上的登機證，由服務員掃過了證上的二維碼，終於趕及上機。

葉勤，二十三歲，數據分析公司的客戶經理。

這次出差是倉促成行的，因為澳洲悉尼有個客戶賴帳近一年，在今天下午的業務會議上，老闆指斥葉勤說：「別人的金錢和數據都是虛的，自己口袋的錢才是實的。你討債時別一副良善臉孔，要夠狠夠惡！」

因此，老闆迫他立即起行，趕及深夜航班前去。

葉勤的座位是48B，靠近機翼，在通道旁邊，方便去洗手間。由於工作壓力引致睡眠不足，他打算一坐下便安心睡一覺，醒來時便到達悉尼。

可是，鄰座靠窗的48A是一個約六歲的女孩，正在玩手機遊戲，聲浪很大。他本想請她減低聲量，幸好空中小姐已來了，勸她飛機將要起飛，不妨先關上手機。

坐在前排的父母也叫她聽話，葉勤心底不禁說了聲「Lucky」。

不久，飛機緩緩駛向伸出大海的南跑道，準備起飛。

當飛機的引擎聲越來越響，開始加速時，女孩忽然說：「月亮變色了……」

葉勤聞言望向窗外，瞥見一道黑色半月。

「喔，不對啊！」葉勤沒有記錯，在上機前月光還是銀白色的。

突然，整個機身猛力晃動了一下。全機數百旅客都不知道飛機突然減速的原因，只有在駕駛艙的機長和副手看得一清二楚——

滔天大浪急掩整條跑道，阻止飛機前進。

任飛機的推動力再強，畢竟不是船隻，無法破浪前進。

二人看見一個女性身影站在機頭前方一百公尺，右手高舉向月，左手則來回不斷翻動，那節奏隱隱與大浪互相呼應。

因為黑夜和距離，看不清楚她的容貌表情，更增添了一股難以言喻的恐懼。

機長連忙切斷飛機所有動力，雙手合十，祈禱這異象只是一場夢。

同時，在機艙內，空中小姐呼籲旅客安心留在座位上，父母也叫女兒不要亂動。

葉勤心情緊張，反胃欲吐，卻見女孩若無其事，拿出了手機向窗外拍照，說：「有位哥哥在外面呀。」

他一驚，和附近的乘客同時往窗外望，只見有一個年輕人站在機翼上，表情冷峻，儼如前來討債。

五條不同顏色的氣勁繞著年輕人右手盤旋，然後他伸手向前，五條氣勁赫然沿著五根手指射出。

在此起彼落的尖叫和驚呼中，葉勤下意識向前撲倒，用身體掩護女孩。他只感到自己被擊中了，一陣前所未嘗的痛楚進入體內，彷彿五臟六腑被丟進了洗衣機，引致全身血液翻江倒海似的。

胃內的穢物已湧到喉頭，但礙於仍把女孩抱在懷內，只能硬生生吞回去。痛楚漸漸散去，他猶有餘悸地抬起頭，窗外的年輕人已和水淹跑道的異象一起消失無蹤。

葉勤見女孩安然無恙，便不顧女孩父母的感謝之辭，撥開他們伸過來的手，衝進最近的洗手間不斷嘔吐。他想從口袋裡掏紙巾，這才發現入閘時還好端端的手機，已化成粉末。

他目瞪口呆，任由粉末從手指間溜走，落進馬桶內。

葉勤不會忘記那張討債的怒臉，乍看總覺得似曾相識……

在搜神局的包圍網內，靈石瞄準了這個正待前往南半球的男人。飛機航行時會切斷所有網絡，那時便可以乘機逃離香港。

等男人回到地面，拿起手機接聽時，靈石便能夠捕捉他的腦波頻率，繼而入侵他的身體，躲在南半球，直至阿雷斯彗星回歸的那一天。

可惜，那對可怕的母子還是追蹤而來。

靈石在飛機窗外出現黑色半月的時候，借這男人的手機設定了一個座標。

這是向母體呼喚回收的座標。

被奉為靈物的百多年來，他感受過不同時代的人類複雜的情感，喜怒哀樂愛惡慾七情之中，他獨愛「慾」。

他不過是想在二零二三年前，好好當一個自由人，等待阿雷斯彗星回歸時，將他收回「母體」。

事與願違，陽氏一家屢次阻礙，令他淪落如此田地。

積存了幾十年的恨意沸騰，他決定做最後的報復。

二零二三年的滅世，就由這座標開始吧。

另一方面，陽昭也恨透靈石，在黑月映照下，潛藏在體內的母親遺傳終於覺醒。

受母親的晦月之力影響，陽昭內心湧現負面情緒，鄙視靈石如路邊的石頭般卑賤，只能躲在這樣的庸人身上。既然如此，就賜予他一個永無翻身的絕境。

被晦月之力凌駕的五行箭氣，穿透那男人的身體。

手機碎成粉末，陽昭聽著靈石的哀號，直至完全靜止。

陽昭看見半月的暗黑褪去，是跟隨母親離開的時候了。

轉身時，陽昭想起剛才那男人，雖然長大了，但依稀認得，份外感慨。

命運輾轉，陽昭和葉勤也回不了從前。

歸途上，向明月褪去了月相，回復平日記憶混沌的狀態，腳步也變得沉重。

兩母子好不容易才回到點石齋門前。再過一會，天便會亮。

向明月停下了腳步，本來一路走來沒有說話，最終還是開口：「我的月相之力，竟然影響了你。」她既訝異又擔心，剛才的情況不是遺傳這樣簡單，或許是昆侖西王母的不死藥所致。

陽昭只是輕拉母親的手，示意她放心就好了，但向明月仍然不吐不快。

「早日我探望你父親的一位好朋友，他教我慢慢想起了，一些我想不起……或是我選擇遺忘的事……在那場九龍寨城遺蹟大戰，你父親叫我把一切忘記。可是……」

她的思緒回到那天拜訪老朋友大宅，捧著工夫茶的彭博不屑地說：「陽天的生與死，妳應該最清楚才是……妳這麼多年一直在逃避記憶，因為殺死陽天的兇手就是妳！殺人兇手！」

向明月說完，靜靜望著自己的兒子。陽昭也和她對望，目瞪口呆，全身彷彿被驚愕固定了似的，一動不動。

「……怎麼可能？怎麼可能！」半晌，他才發出激動的大叫。

這時，有人推門而出，是孫行土。他幽幽地說：「那小子就是希望阿月妳忘掉一切，好好做一個普通人，照顧陽昭長大成人……別再想了，好嗎？」

陽昭心裡一涼，沉默無言，孫行土這話，無疑證明了母親就是殺死父親的人。父親，根本不可能存活在這世上。

孫行土本想說些打圓場的話，解開這對母子的心鎖，但只見陽昭臉上閃過一瞬晦暗，走進店去，向明月則望向即將被曙光掩沒的月色，眼神飄渺，他只能暗嘆一口氣，把話吞了回去。

是命運？是危機？孫行土也難以辨清。

陽昭回到店內的小閣樓，見春風在小床上沉睡，地上有很多特效藥劑的空殼，看來經過孫行土的照料，她已渡過了危險時期。

記得從聖殿撤退之前，陽昭趕到受傷的春風身旁，她彷彿就是為了等這一刻似的，竭盡力氣地說：「…要…回來……」話未說完，便緊閉了眼睛。

此時，陽昭輕握著春風無力的手，藉滴下來的淚水盡訴千言萬語——

他無法接受母親是殺死父親的兇手，但他也殺死了那複製的父親。

他不會再跟隨父親的步伐，因為父親永遠像一幅牆阻著他的去路。

他無法接受自己保護春風不力，只要能變得更強，他願不惜一切。

陽昭的淚乾了，再流下來的是血。他伸舌舔過唇邊的血，露出詭譎的笑容。

同時，在全世界的暗黑角落，那些早被搜神局遺棄的人，陸續截獲春風之前從聖殿發出去的求救訊息，開始蠢蠢欲動。

在澳洲中央的巨石，五位三十年前失蹤的搜神局澳洲分部成員，從埋於石中的鑿齒星異形飛船裡結束了沉睡。

在美國紐約市的地下水道，一個碩壯的綠髮巨漢，有九成身體嵌著鎗械組件，在進餐時把一支六十毫米口徑的導彈塞進嘴裡。

在廢棄的切爾諾貝爾核電廠內，一位原是歐洲分部的忠義成員，十年前因為貪圖被輻射污染的黑隕石能量而受到異化，左右肩膀皆多長出一個頭來。

在漫長飄泊的年月裡，他們終於接收到了家人的召喚。

是時候回家了！

月是……

迷航時的嚮導，皎潔不殘。

天上的冷眼，高不可測。

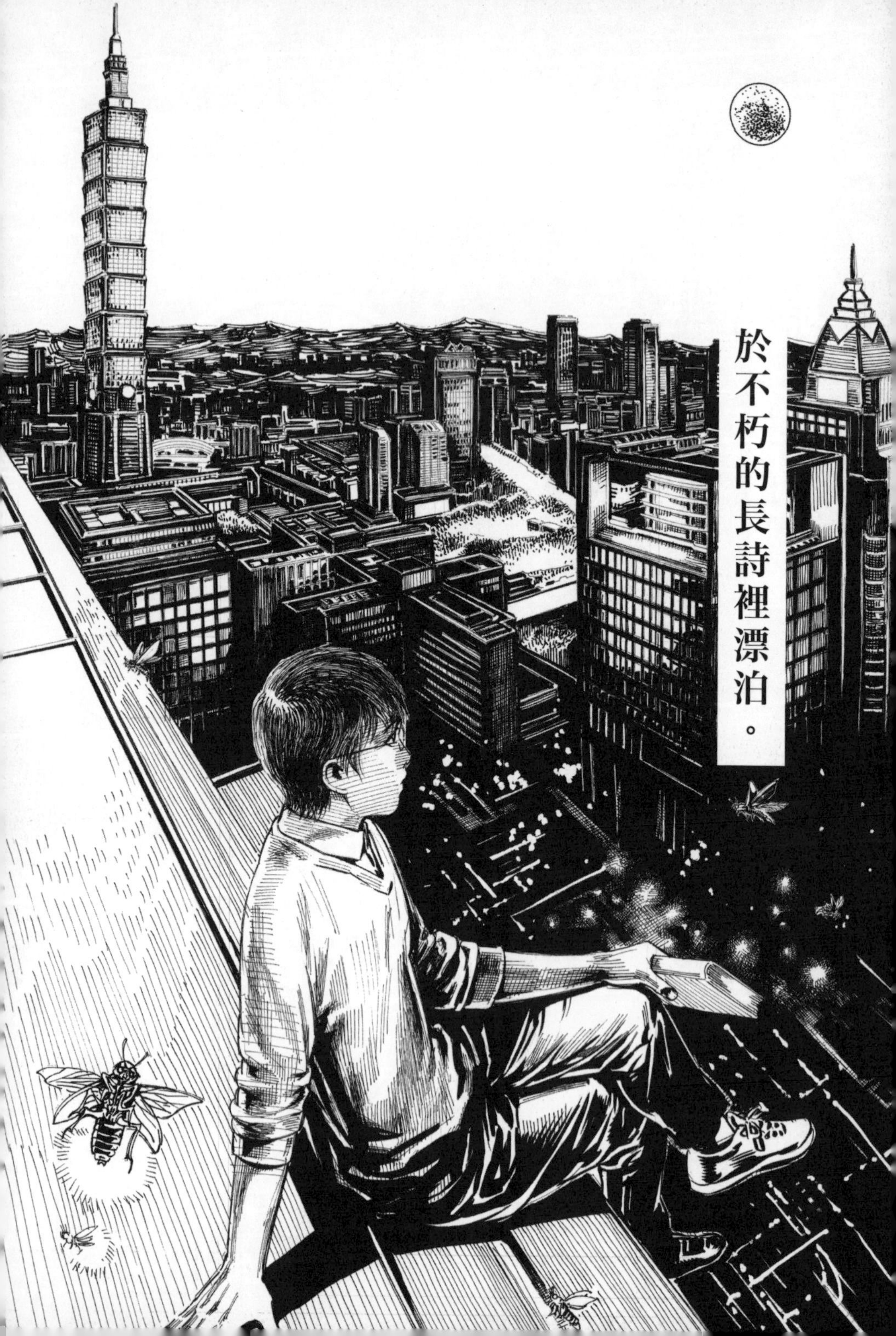
於不朽的長詩裡漂泊。

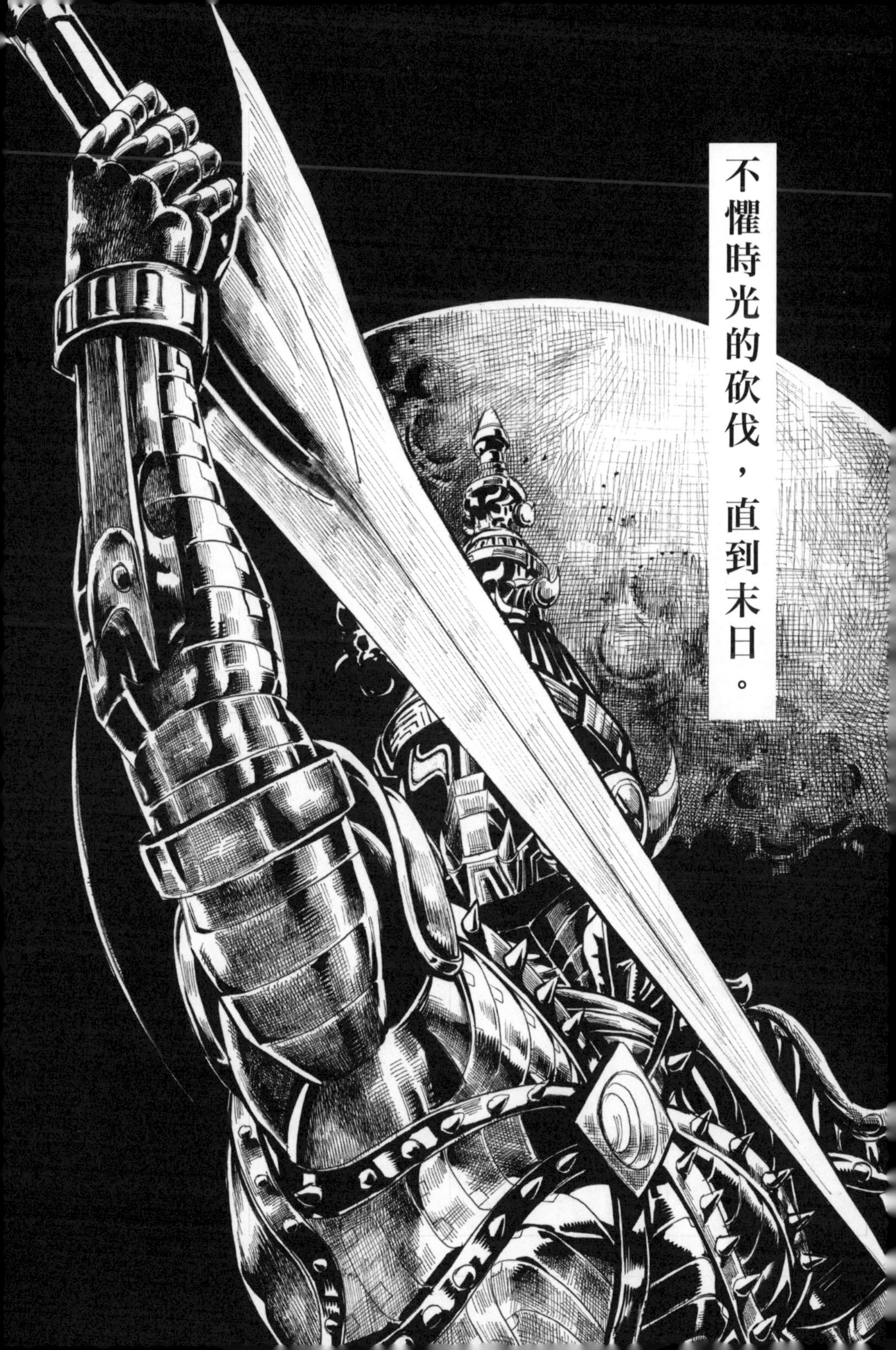
不懼時光的砍伐，直到末日。

凝視著末世而不動搖。

於滅世前，恆然佇立。

於殞落時，不需被人惦記……

世界各地不同信仰，都對地球大氣層上的高維度空間有不同的稱呼，天堂、天界、極樂世界等等，在神話傳說中，那就是與人間隔絕的神明世界。

當中最高的統治者，雖然其尊號在不同神話中有不同表述，不過本源都同屬一尊神。

印度創世神話便記錄了祂的神名——帝釋。

帝釋機械巨掌上的水晶球，能掌控地球這生物牧場內萬物變化的程序，由三十八億年前開始至今，只有極少數的生物能偏離，而每次祂都會派出同伴清除那些偏差。

可是，在帝釋最關注的七位威脅者的預言中，那位持弓人類的影像突然扭曲起來，甚至波及了其他六位，預言漸次崩解。

帝釋沒感到失望，因為這七位威脅者將會破壞本來的平衡，從而產生一個足以摧毀大規模生物的偏差。

然後……
神明將再次降臨，清洗這星體。

東方搜神局 天火傳 II

劉德華 主創

曹志豪 吳家強 張志偉 著

責任編輯 寧礎鋒
書籍設計 姚國豪

出版 P. PLUS LIMITED
香港北角英皇道四九九號北角工業大廈二十樓
20/F., North Point Industrial Building,
499 King's Road, North Point, Hong Kong

香港發行 香港聯合書刊物流有限公司
香港新界大埔汀麗路三十六號三字樓

印刷 美雅印刷製本有限公司
香港九龍觀塘榮業街六號四樓A室

版次 二〇二〇年七月香港第一版第一次印刷

規格 特十六開（150mm × 210mm）二九〇面

國際書號 ISBN 978-962-04-4501-9